新诗选 2024

秋卷

陈亮◎主编

《诗探索》编委会◎编

中国言实出版社

图书在版编目（CIP）数据

新诗选.2024年：春卷、夏卷、秋卷、冬卷 /《诗探索》编委会编；陈亮主编.-- 北京：中国言实出版社，2025.3.--ISBN 978-7-5171-5076-3

Ⅰ.227

中国国家版本馆CIP数据核字第2025GE2773号

新诗选.2024.秋卷

责任编辑：王蕙子
责任校对：代青霞

出版发行：中国言实出版社
地　址：北京市朝阳区北苑路180号加利大厦5号楼105室
邮　编：100101
编辑部：北京市海淀区花园北路35号院9号楼302室
邮　编：100083
电　话：010-64924853（总编室）　010-64924716（发行部）
网　址：www.zgyscbs.cn　电子邮箱：zgyscbs@263.net

经　销：新华书店
印　刷：北京铭传印刷有限公司
版　次：2025年3月第1版　2025年3月第1次印刷
规　格：787毫米×1092毫米　1/16　59.25印张
字　数：680千字

定　价：240.00元（全四册）
书　号：ISBN 978-7-5171-5076-3

本书为首都师范大学中国诗歌研究中心规划项目成果

编　　选：《诗探索》编辑委员会

顾　　问：谢　冕

名誉主编：林　莽

主　　编：陈　亮

编　　委：谢　冕　　林　莽　　李掖平　　李　怡
刘福春　　冯国荣　　陈　亮

学术支持：中国当代文学研究会
四川大学中国诗歌研究院

目 录

（以作者姓名首字拼音为序）

A

B

C

新诗选 2024

秋

Z

为了爱你

◎安　然

为了爱你，我在体内豢养虎、豹子
一种邪气也开始滋生
我努力做好沉默的准备
我喝掉很多盐水
如果可以慢一点，我还要
在体内豢养更多的生灵
比如，我们一直追逐的鹰
它飞行的速度超越了云
也超越了几条河流
它开始慢下来，为了爱你
我豢养了更多的情绪
我背叛了一片森林
我违背了秩序
在村庄，我伤害了无辜的人
踩死了很多只蚂蚁
为了爱你，我在体内栽种罂粟
和更多有毒的植物
我做了很多危险的事情

为了爱你，我身上的火
险些烧掉整个春天

（原载“长江诗歌出版中心”微信公众号 2024-07-05）

山中奇遇

◎阿　成

雾中，我们被一座山
颠来倒去。草木之舟
行至迷蒙渡口：殷红，翠绿
两个不断交换的梦，一条
灰白的路，攀上山巅。
伸入荆丛，是童年的手
也是中年的手；抬举之间
时光如野草莓，濡染丹唇、糙指，
枝叶间，桑葚添加
岁月的深紫、艳红。
一枚浆果，是一枚梦的药丸……

博落回的幻影，垂序
商陆的幻影。母亲拍打
指甲盖涂染的双手，是斥责
亦是荣耀。此刻，遽然举起
流逝的一部分。当你回首：

我非我，花非花。
一阵风，拂过山冈的
蓬勃、缤纷，一阵风
拂过跫音急促的你我……

（原载《安徽文学》2024 年第 5 期）

暴雨如注

◎白月霞

时隔多年
你仍然拥有这样的魔力——
做喜剧片导演，擅长拍哭戏
不用备好眼药水催泪剂
只要一声令下，就可以使我一秒泪崩
挤掉多余的水分
我的四肢更加舒展
雨水淋过的眼睛具有明亮的磁性
自动消弭跃入深渊的冒险程序
自动识别下一个动态场景
我的良人正自大海归来
——除了爱，他什么都不用携带

（原载《当代人》2024 年第 6 期）

更轻的尘土

◎薄　暮

成为它之前，是否获得过一切？
我曾在一片水田边居住
好像突然就住在那里
夏天收割麦子，秋天挑回稻子
小河中四方鲅、红鳍鲌、马口鱼
不知游往何处，也没有一次
徒手捉住

书架最上层，有流传的经典
从折损的页角和红蓝线条
确信一个少年认真读过，但他
去了哪里
那些文字漫漶成古老雕版
圣贤们呕心沥血，空气紧抱着
自我滋养的，更轻的尘土

一直不愿讨论命运
这极力避免涉足的领域。其实
每寸土地都亲自踏过，从未认领
那些清晰脚印。我常常悬浮半空

一边抵抗恐高症，一边俯瞰
积雪融化的村舍
披戴阳光赶往深山的堪舆之人

（原载《十月》2024 年第 4 期）

蝉　声

◎薄　暮

蝉声是有色度的
它一叫，天空越来越蓝
然后逐渐变灰
有时，声音突然拔高
赤橙青紫，溅满天际

蝉声是有幅度的
从一棵柳树开始，渐渐辽阔
林边草地、小河、山坡
都被快速覆盖
觉得很多地方不必去

蝉声是有角度的
并未属意山坡、小河、草地
和它附着的一小块树皮

甚至飞来的麻雀
某一个人的若有所思
不是没有听众
它不在乎有没有

蝉声是有长度的
不管黑暗中忍耐多久
地上只活两个月，只做一件事
我因此原谅自己

（原载《安徽文学》2024 年第 7 期）

雨的弹性

◎北　苇

母亲来送伞了，抱着刚会走路的弟弟
走在北方的谷雨季
落英自然是一路的梧桐花
等你书中的小猫种下很多鱼
（蜡笔赋予它们反逻辑的鳞片）
等刚涂过新漆的教室门
被撒欢的孩子们推开，她的耐心
让雨水也慢了下来
她向年轻的语文老师深入考证你

她的侧脸再次泛起喜悦。你害羞地接过雨伞
穿上带有梅花鹿的小雨靴
你跑进水洼里，让安静的雨水再次起飞
鹿，鹿，鹿
三只鹿，你通过时光的缝隙
再次数清了它们

（原载《时代文学》2024 年第 3 期）

白 马 飞

◎北　野

一匹白马，在草地上啃食青草
它偶尔打个响鼻
证明它还活着，还没有进入
寂静的雕像
一道虹霓，跨过白马的背后
它拖来远处一列山岗，只有风声
留在原地，它们阴影一样
在远处游荡。小雨过后，灯笼花里的
露珠，纷纷坠落，泥土和草木的
香气，从地下释放出来
牡鹿为此有了新鲜的斑纹
它跃过河汉，在虚空中停下

眼神有些恓惶
一匹白马是我的伴侣。一匹白马
被惊动，它警觉地抬起头
远远站在草地上，一匹白马
突然一抖，它身体里的雨水
飞溅出来，是一团旋转的光
白马在时间中隐匿。白马把自己
拴在了一条河流上
它脚下的激流是跳跃的白银，它的
鬃毛进入了缓慢的飞翔
我知道它在敲我的脊背，我知道
它在融化，白马，白马
我希望这个世界仍然有边界
而白马，我希望
它慢慢融化在塞堪达巴罕草原上

（原载《民族文学》2024年第5期）

黄昏信使

◎北　野

黄昏送来一条热闹的天际线
金光波动，动物的窠巢布置在山岗下
土獾比我想象得笨拙
它举着一道阴影，在柳兰的影子里经过

头顶是一片粉红的落花
回到村口的羊群，并不急于回家
它们在等一个怀孕的母羊
羊羔们在大声喊“妈妈——”，夕阳里
晃动的母羊加快了脚步
我突然僵住了……终于有一位母亲
能在孩子的呼唤声中
再次回家
人世不及啊，我恍惚遇到自己的
呼喊，已永无应答
大地铺开金光，古老的水车
在壁画中转动
赶夜场的人，已经提着灯笼
走进了打谷场。星空升起的时候
隔河相望的人，永远是
转世在乡村的
不死心的织女和牛郎

（原载《民族文学》2024年第5期）

忆张枣

◎蔡天新

当他出现在早春的西溪路口
昏黄的路灯照亮了金丝眼镜

那会儿他刚进入崩溃之年
身材却不慎已经微微走样

在六公园的三联书店门口
他圈地而坐，仿佛回到宋朝
那个打坐的花和尚鲁智深
但他只喜欢悬满干鱼的木梁

当他来到孤山林和靖墓前
眼前瞬间显现出零落的梅花
他热爱迷醉腐朽的夜生活
并不适应路德教徒的彬彬有礼

他最爱的是白公的杨柳堤
把断桥当成自家的门槛
可惜始终未遇见小小妹妹
他看起来不像是鲍仁公子

注：1996 年初春，张枣（1962—2010）和陈东东来杭州，游玩了三天。

（原载《作家》2024 年第 6 期）

邻　居

◎草　树

比邻而居，在水一方
石菖蒲开花梭鱼草抽穗

比邻而居。一个楼里。一个单元
也许在电梯里曾经多次碰面

直至从外面一次闲聊中
知道他的存在。他已经死去数月

小区亭子边，一汪清水闪烁
石菖蒲开花梭鱼草抽穗

（原载《滇池》2024 年第 7 期）

交　谈

◎尘　轩

科学家预测，未来可实现万物互联
让我联想，能否与不发声者进行交谈

桌椅、灯盏，一盘未下完的棋
白子在手边，黑子在对岸
落子前，是否需要尊重一颗子的感受
让棋盘腾出一个活眼

飓风形成前，和蝴蝶交谈
灾难开始前，和征兆交谈
乐曲演奏前，和乐器交谈
水分子，也要在眼眶里接受我的采访
问问它，多久才能化成一滴眼泪
汹涌的，还有多久才能到来

在房间里，和一张床交谈
谈一谈置放在它身下的木箱子
在地板上，和箱内发霉的衣物交谈
到底是谁错过了时间
耳朵贴近它的嘴唇，那些线轻轻吐露
母亲是如何编织出绵密的温暖

在山中向石头问路，在路边与野草攀谈
溪流也围拢过来，与我同行
一会儿说到清凉，一会儿聊至柔软
或许，它们中的一些会动用其他语种
我并不担心，万物里定有什么能够转译
我相信时间，更相信万物的语言

（原载《人民文学》2024 年第 5 期）

时间的分身

◎陈嘉文

是否有人在古籍的叙述中
早已与我看过同一场雪？
是否有人像我，将月亮比喻成
银河的参照物？时间的分身
我们不断赋予万物姓氏
又再度割舍口音、器官、地域的雨季

幻象宫殿，我曾参观典礼
君王授予爵士勋章，坚持进化论
与地心说的十七世纪听证会
正吵得不可开交

若再度重来，以一种新生儿的视角
面对世界的第一次初潮
我们是否会哺养一只雏鸟
等待它历经半生飞回原点时
为我们带来万物纠缠的真相

（原载《朔方》2024 年第 5 期）

密 林

◎陈 亮

我会经常试着模仿那些鸟儿的叫声
“嘟嘟嘟——咕咪——咕咕咕——
可恶可恶——嘎嘎——啾啾——”
久了，小屋周围经常会盘旋着一些鸟
它们也愿意将巢筑在我的周围

有一天我在劳作时，发现了一只
以前没见过的鸟，它的叫声与众不同
我习惯地模仿着它的声音
正当洋洋得意的时候
它突然飞走了，我赶紧跟着它
想先看看它在哪儿安家

一路若即若离地尾随后，进入一片密林
里面密密麻麻高低起伏的
竟全是这种声音，我爬上一棵树
继续模仿着它们的声音，希望会得到认同
鸟声却戛然停了下来
似乎所有的鸟儿同时在观看
我一个人的表演，当表演结束

收获却是一头灰白的鸟屎——

当我第二天再进入这片密林的时候
林子是空的，仿佛昨天的遇见是个幻觉

（原载《雨花》2024 年第 7 期）

蘑　菇

◎陈　亮

在山中我每天都在给她写信
用银杏的叶子
枫树的叶子、杨树的叶子——

每次就写一句话：“昨夜的溪水又涨了，
鲤鱼跳到了草地上，有的可能化成人形。”
“松鼠将松塔堆在门口，
我听见了叩门声。”
“风是爱喝酒的邮差，
经常酩酊大醉，把邮件散落在田野上。”
——我把这些信
全埋在后山松针土的下面了

有一天夜里，她在梦里小声跟我说
这几天老睡不着

她闻到了蘑菇的清香
醒来时，天还黑着
那清香我也闻到了，屋里屋外都是——

顾不上露水，一大早我就拿上铲子
和竹筐来到后山
发现那么多蘑菇顶开了松针的土
我在那个巨大的蘑菇圈里呆到了傍晚
回来时，第一次两手是空的——

（原载《雨花》2024 年第 7 期）

出 口

◎陈茂慧

万种幻象闪过，命运的手在指挥
不是每一个出口都有指示牌
那么多的出口——
机场的出口、车站的出口
大门的出口、货物的出口、人与动物的
出口、负重的出口、解脱的出口
预言的出口、真相的出口
一场事故疏散人员的出口、曲折的出口
曾经关闭现在又打开的出口
保持沉默却又无处不在的出口

通往庙堂之高的出口、低语的
碎片的出口、生命的出口
呼吸的出口、色彩斑斓却又灰暗的出口
破败不堪却又给人无限希望的出口
走出了就再也无法回头的出口
而我的出口，有且只有一个
通向未来之境
仅供你使用。在人世间，在大地上。

（原载《安徽文学》2024 年第 6 期）

倒　叙

◎陈十八

天如何黑下来
黑如何吞没我
我如何
摸着黑一路走回家
哭声从一楼到五楼
我的父母如何趁我睡着时
离开家
他们的感情是否在此时破裂
我如何在出生时
察觉一切

像个先知
如何在羊水中为这许多人的余生
伤心

（原载《诗刊》2024 年第 7 期）

拧　干

◎陈十八

一辆灵车在清晨穿行在
无人的大街上
它的驾驶员是一个纸人
此刻
全城的人都在睡觉
当这辆车经过你的窗子
你醒着
你的母亲
在半夜离开

你的母亲洗完了死亡这件衣服
让你拧干

（原载《诗刊》2024 年第 7 期）

初夏绿丝绒的寂静

◎陈星光

春天匆匆小跑进夏天，
到处是流水欢快明亮的身影。
油菜花静静结籽，像一群怀胎的妇人
相互依偎。
一片麦子举着高高低低的手。

风吹绿野，
有时它趴着
一动不动，绿丝绒的寂静。
几只白鹭，碧空下
像飞在一幅画中。

几个农人安静地侍弄庄稼，
覆盆子躲在带刺的叶丛。
我和小狗东财漫步的沙沙声
加深了乡村五月
一个上午的寂静。

蓦然抬头，小小村庄

露出一只角。

母亲在等我回家。

（原载“一见之地”微信公众号 2024-07-12）

婚礼闯入者

◎程素怡

婚纱雪白，教堂耸立
不美丽的新娘，大号西服里的新郎
还有宾客盈盈，全都被太阳的阴影
覆盖，而阴影显然被遗落
在屋顶、裙角、眼眶四周
人们并未想起，它才是主角
这一刻既柔软又平庸
朝着我们之前和之后的时光呐喊
并预言陌生人的闯入

（原载《当代·诗歌》2024 年第 4 期）

一场血月食与超级月亮下的葬礼

◎戴潍娜

而血月在永夜中消殒
悲伤在面孔上刺青，请将这副表情

视作永恒的纪念品。你乖巧地眠进樟木匣
在小松树和银杏树的照拂下

三英尺地底，你绒脑壳戴顶小冠帽
传言如此投胎誓成人物，来生不做宠物
可世间的人哪，谁有你这般可爱
养狗，就是养一个注定夭折的小孩

而我无力匀一部分生命给你
人间已暂停了一切顽皮与抗议
有史以来五月里流过的血都遭天狗吞噬
眼泪淌到汩汩银河里去了

许是归还的玉玦，圆月伏进你的小窝
我听见坟头刺破指尖的松针月下拔出新笋
从那天起，你变成了坐在我心坎上的小神

注：二〇二一年五月二十六日夜，罕见的超级月亮、血月、月全食轮番现身夜空。小虎葬礼的归途上，明月当空，是重生的超级月亮。据报道，上次出现此等天文奇观还是“五月流血周”巴黎公社的终结。

（原载《青年文学》2024 年 7 期）

使　者

◎朵　渔

恢宏的暮色垂下来

在天空那灰色的桌布上
一两颗星，点缀着微弱的思想
我不知道即将到来的命运是什么
一切都不稳固了
阴影如同大地上永恒的褶子
世界的地基重新晃动起来
风停了，夜晚的意象如此清晰
迟来者，但不是永恒的缺席者
在三天的沉默之后，内心的踉跄
终于平息下来，我看到那陌生的使者
正越过荒野的栅栏，朝我的小屋走来
我起身，准备去迎接
一个不安的命运。

（原载《三峡文学》2024 年第 7 期）

那些落水的词无声

◎朵　渔

黄昏，一边听海顿
一边读一本小诗集
故国的凝霜已覆满了屋顶
而此地的阳光刚变换季节
一些词因路途遥远陷入迷途

一些词因悔过自新而改变了词性

那些落水的词无声，仿佛树叶

在夜里飘落，我的生命也落进诗里无声

诗是一座长期敞开的坟墓

总有一些词为我而活着……

抬头，竟然望见了猎户座

而我已来到了地球的背面

没想到猎户星座还在头顶，如此亲切

仿佛一个朋友走了很远的路来看我

（原载《三峡文学》2024年第7期）

就让我陪着你一起哭泣

◎方　方

当喧嚣声潮水般退去

当周围的人越来越少

当生活变得庸常

当日子成为自己的日子

当静夜

当孤独像空气一样弥漫

当别人家正热闹地说笑

当冬夜里一个人站在窗口看雪

当五月十二日下午两点二十八分

当生日抹去生日
当春花盛开邻居一家人出去郊游
当清明的雨无声落下
当一个人吃着晚餐
当凉爽的风穿过空荡的房间
当中秋还在中秋
当空空的秋千无节奏地拔腿摇晃
当一个枕头永远失去温度
当病卧在床茶杯里没有热水
当早上醒来习惯地喊着一个名字
当年关真的是年关
当人们去关注无数与你无关的事
当你再次进入茫茫人海不再是焦点
当最艰难的时候沸腾地过去
当更加艰难的岁月寂寞着来临
当天空也被定义意义
当到了那个时候
我的那个时候
我希望我是你的亲人
我虽然痛过
却没有像你这样惨痛
我虽然哭过
却没有像你这样被别人痛哭
虽然没有
但你的惨痛和悲哀也是我的
到了那个时候

我请你走到月光之下
或许你从那里感觉到我的温暖
虽然很淡，但它却会落在你的身上
到那个时候
我请你伫立窗口向远方眺望或许你能发现
我的目光
虽然很遥远，但它正在向你凝视
到那个时候
我请你到春天远足去
那才是你自己的路
那才是你自己的春天
或许你能遇上我
我们一起看野生的春天
到那个时候
我请你读一本书
或许它正是为我写的
书中有一个人像你一起孤单而坚强
到那个时候
你的生活若需要帮忙
请你一定说出来让我知道
我的能力虽然微薄，但会尽力
到那个时候
你要想哭就放声大哭

请相信。虽然千里之远，我也能听到
就让我陪着你一起哭泣

到那个时候
你若无助，请想起我，我也正无助着
因我不知道能为你做什么
就是知道了，能做的恐怕也不是很多
到那个时候
日子比过去更加漫长甚至残酷
可是生活除了继续，别无选择
到那个时候
请让我陪着你，我们一起走吧
一直走到那个时间被时间掩埋

（原载“鸡冠花文学”微信公众号 2024-07-06）

悬泉置

◎方健荣

可以找到好多条路
像地图上血脉相连的线索
祖先在这里埋下一座城
留下更多伏笔

根本不是一片戈壁呵
也根本不是一无所有

你站在这里
已在历史的风暴中
身旁是一座客栈
拴马桩，拴骆驼桩
还有锅碗瓢盆，红柳筷子，羯羊头，酒葫芦
热气腾腾的生活
还原完整的唐代

一个人从书房里走出
骑马远去了
把一封信带到西域
他身上背着故乡和对妻子的承诺
却一直没有回来

伟大的谜被一场大风
掩埋在沙子里
一枚枚竹简静默了一千年
还要等待一场风
一个驱车而来的人
把沙子轻轻吹去

复活在沙漠里的故事
像海市蜃景
一片伟大的城廓
从废墟和坍塌中重新站起来
无数朝代奔跑而来

无数城池洞开大门

一条长长的走廊
在葡萄藤里延伸
一条飘舞的丝路
在驼铃声里遥远
一个消息
在地球上
诞生

（原载《北方作家》2024 年第 4 期）

初雪赋

◎方石英

雪终于下到老家的朋友圈
满屏兴奋，却离我那么远

至少有二十年，我没再触摸到
故乡的雪。遗憾、惭愧，欲言又止

辗转漂泊一座座失眠的城
沉默写下一行行孤寂的诗

此刻，我在北方最大的淡水湖畔

坐等夕阳败走微山

旁观天被冻得发蓝，腊月十二

几只果鸠隐身枯草丛中

为什么父亲的手机一直无人接听

为什么老家下雪了他不再和我说一声

（原载《诗刊》2024 年第 7 期）

夤夜偈

◎方石英

夜到底多深？心又要多脆弱

才有资格在夤夜导演后事

遗言最好是一首短诗

封笔之作，让孩子默记在心

众生皆苦，需要临终关怀

一杯掺了蜂蜜的烈酒，含笑饮下

入殓那天阴转小雪，故园侘寂
几只麻雀觅食最后的草籽

雪终究会越下越大，圆满的一生
注定由无数的遗憾反复证明

（原载《诗刊》2024年第7期）

记马六甲的一个梦

◎飞　廉

二十二年后，我重来马六甲，
到处棕榈树，
乌云和乌鸦。
大海看上去像儿时家乡的池塘；
海滩散步，海浪送来
一只玉狮子，断了尾巴。
旅馆墙壁写满留言，
关于战争，关于爱情；
窗外，有人大声朗读雪莱
《一八一九年的英国》。
我挣扎着想离开
这盛夏听不到蝉声

旷野找不到苍耳
荒凉的异乡，绳啊，越缚越紧……

（原载“捕风与雕龙”微信公众号 2024-07-22）

玛布日山的桑烟

◎冯　冯

布达拉宫端坐在玛布日山山巅
用慈悲的手掌，为远途来的孩子们摸顶
桑烟在对面药王山上飘荡
桑炉边的老人把干松枝、柏枝，递给煨桑的人
我向老人打听布达拉宫的高度
模仿他的动作，在煨桑堆上敬酒洒浆
老人告诉我，这里不会有高过它的房子
松枝柏枝在炉膛里燃烧
高原的风把桑烟吹向玛布日山
替我和那些高反剧烈的人们
去触摸牦牛奶喂养的圣洁的宫墙

（原载《民族文学》2024 年第 5 期）

变 脸

◎高鹏程

舞台上，随着情节需要，
表演者侧身一抹，一张陌生的脸出现了。
又一抹，瞬间又换成了另一张。凶猛、诡异。

据说，其中顶尖的高手，可以变出九副不同的面孔。
而变脸的原理，作为国家二级机密
至今秘而不宣。

但事实上，生活中，很多人对此早已心领神会。
他们的演技远比舞台上表演者高明。
川剧变脸，使用的是不同的道具，
他们只有一张面孔
却能在不同场合，变成不同的角色。

此间的不同还在于：
无论变换多少张脸谱，到最后，川剧表演者
总会向观众还原他真实的面孔。
但我们到最后，很少有人能记得住自己原初的模样。

我们也有最真实的一张脸，然而我们漫长的一生使用到它的机会最少。

（原载《当代·诗歌》2024 年第 1 期）

在眼科病房

◎高若虹

在这里她没有姓名　性别　年龄
医生　护士都喊她 12 号病房 36 床
我看见她时　她正将六七岁的食指和拇指
捏在一起　从右眼里一下一下拔着什么

起初　我以为她是在玩
慢慢地　我发现她是执意地做着拔东西的动作
每拔一次　她会痛得倒吸一口冷气
就像拔着长在眼睛里的荒草白生生的根须

执拗的女孩 一直不停地拔
她勾着头　刘海像一块拉下来的害羞胆怯的帘子
她狠狠地拔　小心翼翼地拔
仿佛　一旦停下来就有什么蓬蓬勃勃地从眼里长出来

其实 她是要从眼睛里拔出奶奶爬不上去的那座山梁
拔出咬断爷爷一条腿的那道深沟

她还会拔出暮色中一缕咳嗽　喘息的炊烟
细雨中一条蜿蜒哭泣的乡路
甚至　会从眼里拔出一列火车　拔出父母亲打工的那座城市
让爸爸妈妈从眼睛里走出来
从此　不再扎疼　不再用眼泪喊爸爸妈妈回家

我不知道　她眼睛里究竟长了什么
听陪她住院的奶奶说
春节后　她送爸爸妈妈外出打工
在村口　风抱着一棵枣树拼命地摇
一根带刺的枣枝扎进了她的瞳孔

此刻　站在她面前的我
她认为是她拔出来的爸爸
喊一声　我就会用眼泪答应

（原载“新疆诗歌”微信公众号 2024-07-19）

沉香是一味药

◎耿　翔

在华山，沉香是一个人
沉香，也是一味药

上山的时候，就像这头顶上被风吹来的细雨
一会儿滴那么几下，身上的热汗
全被天空中的冷，吸食走了
剩下一些，很早
闻过的香味
这个时候，那个劈山救母的人
被还原成一味药，一座山
都像沉浮在，它的
香气里

其实，那个叫沉香的人
真像一块沉香，像一种植物死亡之后的涅槃
压在母亲，疼痛地生育过他的身上
一座山，就是他的
全部疼痛
而劈开它的，那身洪荒之力
却是，天下的
母爱

在华山，我也想把沉香
作一味药，献给多病的母亲

（原载《延安文学》2024 年第 4 期）

镜

◎郭铃芙

我凝视着她，她也凝视着我
我望着她微笑，她也向着我微笑
我在头上别一枚玉色的蝴蝶，她也同时在头上别上一只
她有和我一模一样的五官，穿着与我一模一样的衣裙
甚至她的发丝
也不会比我少一根

我俩唯一不同的是，我有温热的面庞
而她的指尖冰冷

我们同时向对方伸出手来，可她的手伸不出镜框
我的手也伸不入镜中
于是我总是不能触摸到她的身体
她也不能抵达我的

我俩常常这样近在咫尺，面面相觑
却又远隔着天涯，相互遥望
伫立镜前的一束黄玫瑰
也重复着
我们同样的遗憾悲伤

（原载《三峡文学》2024 年第 7 期）

缓　唱

◎横行胭脂

走过多少山谷和夜晚
绵延无尽的旅途
波浪的形状在我心间
暴雨、幕布与回声
多少年
有了疼痛的体积

菊花在篱下吹着晚风
隐隐约约的霜降来临
繁华的柿子树也裹上了凄清
渭河水速有些缓滞
想到你，我心里仍有些吃力

一杯酒丢失了酒精浓度
分离是人间常态
落日滚烫，接近真相

小径瓦砾丛生
有什么正在推远事物的明亮
星光与少女还没有升起她们的光

一只杯子
里面的水还在
但我放弃了比喻

（原载《诗刊》2024年第5期）

梨花村

◎胡文彬

重回梨花村，一条鹅卵石小路
在村子里拐了好几个弯跑出来
在树荫下安排了一条青石板凳子
风用袖子擦了好几遍
乡音，一点也没有蒙尘
墙头上的草，探着身子，看了好几遍
——他们都认不出这个
熟悉的陌生人了

他知道，他的童年翻过碎石头垒的低矮院墙
就再也爬不回去了

离开村子的时候，一只极小的狗跟在后面
弱弱叫着，咬着他的影子

它的叫声，很快就被风吹走了
但它真的咬疼了他

（原载《延河》2024 年 5 月下半月刊）

二月卷

◎黄小线

你的窗外没有什么秘密了
——大雪，再一次覆盖目之所及的空地
连同瘦了一圈的枯枝

你关窗，拉上窗帘
不让任何一粒雪飘进来
更像是，不让隐秘的想法走出去

二月的风是春风，但它以为自己不是
它的身体冷，还没有从寒冬的教育里
清醒过来

现在，你躲在屋子里
听雪，听风：它们正在肆意妄为

……现在，你置身于二月

不断地流逝里：它没有少了一两天的短暂
它只有奔赴在世间的慌张

（原载《安徽文学》2024 年第 6 期）

空院子

◎黄晓玉

是一个倒掉了炊烟的盒子
寂寞地收购着零星的雨点

是一个空空的梦，走了好久
也找不到那个人的踪影

是一些嘈杂的声音
有牛的马的猪的羊的，鸡鸭的——

还有一些咳嗽，不时从角落里
冒出来，让眼中的雾气更浓

我来此寻找什么？突然失忆
不知是谁，又摇动了沉寂的风铃

（原载《诗庄稼》2024 年秋卷）

金属色泽的河流

◎灰　一

深夜里，码头上，忙碌已达最顶峰
河水在一旁和缓地流着
从祖辈流到父辈，从父辈流到
我的成年。鲫鱼跃出水面洒下一片银河

河水承载了太多负担，像金属那样坚硬
就连浪花，也有着齿轮的摩擦声
远处货船缓缓驶来，连成
古蟒的形状——船上闪光的信号
让浮萍逃到河岸旁窃窃私语

“很多年前，我的大伯在这里清淤
洒下的汗水，改变了它的流向”

父亲曾告诉我许多艰辛的故事
遗忘得太多，铭记得也太多
岸上，卡车装走渔获若干

（原载《当代人》2024 年第 5 期）

银　子

◎火　棠

打银人的手掌是风做的，
他把日月、鸟兽、草木都捉来，
把它们纹在银子上，用锤子和纯净的火。
他的女儿降生时，戴上了银帽，
结婚时，穿上了银链串起来的银片，
以后随祖先走的时候，将会把银块含在嘴里，
在她安安静静的一生中，
山里的风从未停过，
出生、婚姻、死亡是三块闪亮的银子。

（原载《诗歌月刊》2024 年第 5 期）

正在走来的信使

◎霍俊明

灰尘落在淡红色屋顶上
不明所以的灰冷之物四处飞散
栗林更深处没有可供冬藏之物

黄昏在光线中微微抖动
窗外的水泥路在更大面积的灰暗中
刺桐的花萼仿若佛焰

寒冷从更黑更深处滋生
一些房子彻底地空出来
或大或小的窗户更加昏暗
再没人来小住或安睡

叶片回旋，慢慢落下
向我们走来的信使身上没有任何标记
熟识的人或陌生的人
现世的湖水正在迎来又一个夜晚

（原载《江南诗》2024 年第 3 期）

父亲的红鬃马

◎吉　尔

我担心再也写不出那样的秋天
再也遇不到那样整齐的红鬃马
那也是秋天，我们就要离开牧场了
马为我们带来山外的消息

那也是一匹红鬃马
枯黄的草场上还留着它疾风般的影子
整个秋天，父亲都在准备干草
整个冬天，我们都困在大雪里

父亲已经开始做离开牧场前的准备
但我不知道，我们要去哪里
站在屋后的山坡上
不停地哭

那一年我四岁，第一次在马眼里看见忧伤
母亲已经开始和牧民们告别
红鬃马被牵走的下午
一直在流泪

（原载《诗刊》2024 年第 6 期）

叫醒神话里的蕨草吧

◎加主布哈

雷将自己串起来，麻质声音
在屋顶盘旋，姐姐就从疏落的头发里闻到闪电
父亲背对着……谜底很想
偷偷跑出来。我们围着火塘盘坐

把神话里的蕨草叫醒，也用门槛绊倒一只
离家出走的小鬼。夜晚多好啊

母亲用一手灰烬洗净父亲的风尘
把他牵进……谜底也很想
偷偷跑出来。我们就各自离去吧

（原载《民族文学》2024年第5期）

野蔷薇

◎剑 男

有人偏爱感官的刺激，我给你献上
这一束野蔷薇，我献给
你野蔷薇的美艳和桀骜，也献给你
花枝上细小的刺
越过尖刺，我希望你不再去爱
世俗的玫瑰，那虚伪的
庸俗的社会学玫瑰，那一半来自被
改良过的野蔷薇的玫瑰
所有高过头顶的花环都可能是令人痛苦的荆冠
希望我送给你的这束野蔷薇除外

（原载《长江文艺》2024年第5期）

在老瓦山中祭拜亲人

◎剑　男

下半年老瓦山雨水偏少
山中黄栌和槭树更早一些来到了秋天
它们零散地分布在山中
相对山中的常绿植物显得孤单、寂寞
南坡一棵黄栌和两棵槭树下面
是我祖母的坟丘，四周
分别埋着我的父母亲以及众多的亲人
溽热山中除了我以外空无一人
但当我把篮中祭品摆到
亲人们的墓前，一阵风突然把整座山
吹得哗哗作响，就像
以前节日里祖母把准备好的饭菜端上八仙桌
空荡的堂屋一下子变得座无虚席

（原载《长江文艺》2024 年第 5 期）

我的祖母

◎江　非

有时我会听到她抱着一捆稻草
走过夜晚的院子
打理完狭小的厨房，她像一只游动的仓鼠
把草抱在胸前，发出窸窸窣窣的声响
她靠近，像是有话要对你说
她像是要给你什么，手指和手掌攥得很紧
有时她从窗子探进头
或是在墙上睁着一只眼睛
给你打着手势，让你不要到外面去
她手中的碟子碰撞，发出叮当的脆响
她越来越近，把一个瓷盆放在水井旁
压水井的铁柄按动，让水升上来
有时她在纫着一根针
有时悄无声息
扯着一个线球，向一条河流跃去
像一只被殴打过
受伤的松鼠
我的祖母，我有时
看到她浑身湿漉漉地
从一个黑水塘里走上来

有时看到她，正在沼泽里埋头挖着淤泥
她在她的院子里
在她的世纪
她干着她的活，打着哑谜
有时我们会给她留着门，有时会把她
和她的整个世纪
都关在门外

（原载《当代人》2024 年第 7 期）

活　着

◎江一苇

在选马沟，你曾问起我
这些年在外的生活，
我当时闪烁其词，并用了一堆
冠冕堂皇的话来搪塞。

其实我的感觉就像是一个犯错的孩子
在面对避无可避的大人。我怕你
窥见我的内心。一个弱小的孩子，
出卖了自己，只因他知道该来的躲不过。

如果你愿意相信，一具躯壳

也会行动，往返于人间。
你就会明白，现在回到故乡的人
不是你，也不是我。

就像选马沟仍然叫作选马沟，
但我们偷过的果实不可能再长回树上。
我们无法面对的，也根本不是江东父老，
而是一个看不见的词：活着。

（原载《星星》2024 年第 5 期）

二　楞

◎江一苇

人群中有人喊二楞，我条件反射般回头，
看见一个和我一样油腻的中年男人，
拍了拍另一个中年男人的肩膀，之后
相互揽着没入了人群。我有些恍惚。
二楞，一个多么熟悉又无限陌生的名字，
他或许应该来自一个叫选马沟的小小村庄，
一个篱笆围成的院子。也或许来自一场游戏，
一次小伙伴们善良的恶作剧。但我是何时
把他弄丢的？十岁？十五岁？或者更晚？
我只知道，曾几何时，我在梦中苦苦挣扎，

只为不再成为那个总跟在老牛身后的傻子，
我只知道，再也没有人这样喊过我了。
这是初秋的天气，街上并无多少行人，
田野间的草木半青不黄，仿佛我
正处于一个尴尬的年龄。我在心底里
喊了两遍二楞，出于虚荣，我竟没敢答应。
但我多么希望有人能这么喊我一声，
仿佛在喊一条土狗。我多么希望，
一个踩着磨盘捋着牛尾巴的傻孩子
正向我走来，他眼里有憧憬，脚上有泥泞。

（原载《创作》2024年第2期）

屋　外

◎蒋　乌

屋外就是旷野
它发着幽幽的蓝光
对你构成致命的吸引

你低头奔跑、在路灯橘黄光下跳跃
世界会朝着你所认为的方向悄悄发生转变吗？
你来到枝桠交错的灌木丛
踩着凋零的枯叶和疯长的青草地

在不大的花园里你会寻找到你所要的东西吗？

打开房门，我们重复走到屋外
你看屋外像旷野一般向四周慢慢扩张
正在吞噬你
你能抬头确认命运从头顶飞过去的航向吗？

（原载“然与乌与湖”微信公众号 2024-05-09）

去外婆家的路

◎金　戈

只要我能，找到
那条又弯又长
布满野菊花的小径
穿过鹧鸪声声的茅草园
看见一棵粗壮的野枇杷树
外婆家就近了——
然后翻过一座小山
经过一个木薯地
一小片池塘边的甘蔗林
就快到了——
只要我能
看到那开在村口的

红色的打碗碗花
还有一些列队欢迎的
飞舞的小蜻蜓、小蝴蝶
以及忙于衔泥筑巢的
小燕子，在愉快地交谈
外婆家就到了——
当然，为了顺利到达
在出发的途中
我一定得遵照妈妈的嘱咐
必须摘几根剑麻草
扎在帽沿上

（原载“青岛市作家协会”微信公众号 2024-07-29）

谁

◎金铃子

那个吹小号的人，是谁
他的手在三个键上，风月人事
我留在这里，倾听

那个弹吉他的人，是谁
指法，滑过每一寸皮肤
我试图抓住这音符。却人潮汹涌

那个手握手术刀的是谁
他在水边解剖一条鱼
夜色在远处，河流辗转伏枕

厨房里为我忙碌的，是谁
爆炒野蔬和虫鱼，欢喜和悲伤
今天，我只听到火的孤独

那个为我折纸飞机的，是谁
今天，他像纸人一样飘走

这样厌倦了我
如同他厌倦了白昼和黑夜

（原载“无聊斋主金铃子”微信公众号 2024-08-11）

那么多光跟着他

◎景绍德

与其说落日，不如说夕光的铺张浪费
我在落满白雪的良田里久久发呆，看一只
或是一群麻雀，受到某种惊吓，突然腾空而起

一天的光阴有何用？一生的光阴又有何用？

那些鸟儿和我，无非吃喝拉撒，闲情逸致，多数时间重复
叠加，让羽毛白一些，再白一些

思绪并不影响落日西下
霞光里，父亲意气风发
那么多光跟着他走
仿佛落日也舍不得落下去

（原载《草原》2024 年第 6 期）

比如，蔡甸

◎康承佳

春天，应该有更外向的表达
比如蔡甸，比如医院，四月所到之处
万物都有了柔软的属性
它们用力地绿，用力地摇，狠狠地和目光拥抱

周末，到蔡甸看病
看生活从我身体穿过后，那些必然的遗留物
比如乳腺结节、脂肪瘤，还有神经压迫
当我平静地跟医生说起这些时
暮春的日光刚好爬上楼，翻过窗口

在病房里投下好看的阴影

死亡对所有人都是公平的，春天也是
你看，阳光任性地
散落在同济医院门诊部、住院区、科研楼
被照耀的病痛放肆地摊开影子，便不再喊疼

（原载《当代人》2024 年第 5 期）

青岛路 11 号

◎康承佳

下班后，我们走着，从解放大道到吉庆街
走过天津路、沿江大道、洞庭街
回到青岛路 11 号八楼。这是我们租来的房子
天台加盖的违章建筑，潮湿，狭小，阴暗
下雨时漏雨，刮风时漏风
关于破败的所有词语似乎都关于它
还好，阳光和星光，也最偏爱这里
抚摸过城市最繁华的光束也在我们的头顶
均匀地落下。你看，它跻身于江岸区的样子
多像我们跻身于城市，简陋，弱小
还有一些不匹配的紧张。即使这样
但每一次关于武汉的描述，我们都是从这里开始

我们在老旧的阳台上种花，也种菜
我们在简陋的房子里做饭，也做爱

（原载《当代人》2024年第5期）

平和坊

◎康承佳

每天，我都按时去这里上班
按照固定的程序把自己塞进水泥盒子里
写字，制表，汇报，一次次
在一个个社会性事件里找到，自身的秩序

我无法准确地复述工蜂的自由
那是一种舞蹈。像诗歌一样
你应该也无法想象，盛年的水稻
如何在悬崖边继续拔节生长

多年以后，我跟你说起今天
跟你说起一棵树如何放弃做一棵树
而选择做一个凳子，说起一朵云不再是一朵云
碰撞成午后大雨却不能，瓢泼而下

（原载《当代人》2024年第5期）

一张旧纸

◎康书乐

活着活着，就活成了一张废纸
一支笔在别人手里操控着
一些管不住的黑词语
可以随意写写我的长短

我已渐渐被岁月用旧
再也经不起一支笔的挑衅
笔尖粗了，像一根枣木刑杠
会压得我喘不过气来
笔尖用力了，会在我很白的底色上
划出一个又一个窟窿

如果刮风下雨的时候
我还是拿着划破的一张纸遮护灵魂
不是从窟窿中穿过风来
就会从窟窿中漏出水来

（原载《诗刊》2024 年第 7 期）

江畔独坐

◎亢楚昌

我已经走了很远的路
此处适合稍作休息
河流，石头，远方的树
都变得荒芜
我那么平静，果子那么羞涩地躲在树上
二月之末，让我拥有一场最壮烈的告别

思考是痛苦的根源，江水
永远会爱得波澜壮阔
请允许我爱上自己的影子
请允许她的额头在我怀里低伏
时间会刺痛成长的神经
我写着属于自己的代名词
一遍一遍，修饰自己的苍白人生

午后，我就坐在江畔
沉默不语
孩子长大，江水流去
那些爱与恨的，远去的，归来的，生与死的
所有陈旧的

都会演变成一个个崭新的话题

我就坐在江畔，任风吹散我的一切
一切事情，都可以作为荒芜的见证
身旁，一尾腐烂的草鱼
在江边的浅滩里，沉默不语

（原载“诗人文摘”微信公众号 2024-08-08）

灯火简史

◎兰　亭

一团火，被少女捧到你胸前
要变换多少种身份

首先，要成为一盏灯
从岩石里跳出来，就像猛虎

跳出花朵，跳出春天
它要成为烽火，成为篝火
成为蜡烛，成为煤油的伙伴
闪电的兄弟
无论变换多少名字，总不会
失去它的初心

它还会继续不停地变换形态
成为一束，成为一团，成为一片
成为能够握在手里，忽明忽暗一个信物
一个机缘
当它成为温暖时，它捧出的
就是爱情

（原载“无界限网刊”2024-5-1）

夕 照

◎冷盈袖

“夕照里的田野多美啊！”
“是啊！”

她边回应着他，边来到阳台
初夏傍晚亮得发白的阳光透着一股
荒凉和脆弱的气息，连带房屋投下的
阴影都有了淡淡的哀愁。这还是她第一次
和别人一起看浸润在落日余晖中的世界

西边的天空变幻着颜色
她想象着，夕阳下，一辆列车与田野
分别朝着南北两个方向奔跑

他的脸出现在其中一节车厢的窗后
橙红、浅紫、灰黑的光影在他脸上交替
最后是满天星光
他的眉眼，在灯光里渐渐就有了一种温柔的寂寞

（原载“广元诗人”微信公众号 2024-08-13）

静 夜

◎冷盈袖

她手中的书停在那里很久没有翻页了
月光隔着纱帘透进来
刚好落在她手指细细摩挲的一行字上——
“女人越温和善良，就越痛苦和悲哀。”

沉浸在月色里的熟溪仿佛睡着了
柳树的影子淡淡的
闭上眼睛
她似乎感觉到漾起的水
舔上了她的下巴颏儿

就从下巴颏儿开始
渐渐渗入心底去了

是那样清凉的寂寞啊

天上，一枚弯弯的细月
被什么钩住了似的，停在那里很久了

（原载“广元诗人”微信公众号 2024-08-13）

向晚之歌

◎李　瑾

一个人被需要才会觉得快乐。就像海
浪花并不急于散开
就像平原，一株株野蔓在白云下重逢
只是为了等谁回来；就像我，怀揣着
梧桐树和一场暴雨
歧途同归；就像你，在一个广告牌下
等谁，偶尔抬头看看，落日随着黑暗
慢慢被几缕风熄灭

就像现在，时间是
蜷伏的，我的疼和你怀里的枯枝相似

（原载《草堂》2024 年第 7 期）

重　逢

◎李鲁燕

那时月亮很大，皎洁得像是能摘下来
那时人心清浅
少年满腔热血，爱与恨都干脆决绝

时间沉淀的只是水
搅浑的是相隔数年又重逢的关系
我们知道一个人的 a 面与 b 面有所不同
却不知道岁月的刻刀雕刻的不止皱纹

一颗月亮般的人心有一天复杂得令人诧异
一定是时间那个罪魁祸首
它自己跑得飞快，并将一些人，甩进了污泥

他认为捂住自己的眼睛
就瞒住了所有的人
他忘记我曾情有独钟，爱月亮胜过所有星辰

（原载《三峡文学》2024 年第 5 期）

2023 年的最后一天

◎李鲁燕

不是我愿意走到今天的
是时间拽着我，裹挟着我旋转
是旋转之后我发觉：这是今年的最后一天
此时我正旋转到时间的节点，卡在
年与年的门槛儿上

一年将尽，我所获寥寥
我的心被什么紧紧系着，却又空落落
我想拽住一扇我未曾看见的门，不想离去

我并非是留恋这一年，我只是凄惶时间接下来的动作
它已将一个意气风发的孩子变成一个满身疲惫的中年人
让她两手空空
我怕接下来，它的步伐更快
它一直，让我空空，甚至空到时间之外

（原载《三峡文学》2024 年第 5 期）

致地图

◎李轻松

我无论哪一次看地图的时候
都想查找一下我生长的那座村庄
我需要一个标识，需要被确认
我前世与今生的比例尺
蓝色血管里的大凌河鱼儿逆行
黄色铁路与峰峦上的山鹰高悬
医巫闾山与努鲁儿虎山的交汇气息
隐藏着化石、月亮与传说。把水草分开
把故乡与异乡分开。花岗岩的小兽
蹲守在每家门前，回兰、驿马坊、石山镇
都随仙鹤飞过。而每一场死都比生隆重
以死为大。那唢呐吹响，众子跪下
抬完花轿的人再抬棺椁
搭棚唱戏从悲到喜，又从喜到悲
那一道道横空的闪电，那么快
总能刺中我最软弱的地方
那一种疼，从刺痛到钝痛再到隐痛……

（原载《诗刊》2024年第7期）

雨之忆

◎李元胜

小雨，仿佛羞怯的访客
几天来一直徘徊远郊
仿佛，人类于它全是荆棘

没有树木的街道锈迹斑斑
在荒野和城市之间
它是一封不想投递的书信

没有跃到空中的鹿
没有扎进手里的刺
很多年了，我们的信箱空空如也

城墙保护我们，又让我们失去春天
洞穴保护我们，又让我们失去蓝天

这黑暗中的块茎一样的生活
只有雨，只有不按规则的雨
带来些许森林的狂野

想起很多年前

你的声音在清晨响起：
“它来过了，它来过了”

那时，一切还有可能
露台上，那本翻开的书
出现了潮湿、新鲜的脚印

（原载《山花》2024 年第 7 期）

给

◎李元胜

你不知道自己带着一架钢琴
你走着，无数河流
被你的脚步带到空中
你是我的迷途

你是去年的雨
陪我走过今年的沙漠
在你走过来的时候
我消耗了毕生收集的树林

黑暗深处，古老的琴键突然起伏
你经过的陶罐有了裂纹

你经过的人，强作镇静
假装自己不是疯子

幼苗遇到的第一粒露珠
暮年之人的最后一杯咖啡
你不知道自己带着一架钢琴
你走着，你是所有事物的迷途

（原载《山花》2024 年第 7 期）

烛　火

◎李志勇

烛火静静的，在桌上偶尔才跳动一下
谁手上的锁链，举过去似乎都能被它熔断

很早以前在烛光下学习到的，已经到了
没有用的时候，烛火也到了快燃尽的时候

但是还可以继续把锁链举到烛火上面
每个人的影子，在墙上都像巨人一般

我放弃的念头如同飞蛾，全力克制着向烛火
飞过去的愿望，它的翅膀在那里不停地颤抖着

墙上的巨人才是真的，在忙碌了一天后
都坐了下来，默默地端起了各自的饭碗

（原载《诗刊》2024 年第 6 期）

月亮和学校

◎李志勇

学校里面似乎全是盲人，他们的笑声冲出围墙
他们迟早，都有睁开眼睛的一天
我独自一人走在街上
小城东边，排水公司往前一点，有个月亮
另外，在师范学校操场里也有个月亮
人们伸手都能触摸到它们
西山坡上还有个月亮整夜不落，整夜
只俯视着满山坡的狼毒花
因为月亮，小城自来水管里也都有着一种
　亮光
里面都是泉水，什么时候流出来的水都是
　亮的
在街上，我和几个黑影默然无声地走着
他们都有一所已经毕业了，再也无法回去
　的学校

月亮没有时，他们也就全都消失了

（原载《安徽文学》2024年第5期）

栅栏之门

◎梁小兰

当我在卧室休息或在书房里沉思
我准能听到那些马咴咴叫
或看到它们低头嚼草
一种内心的逼迫，使我沿着乡间小路找寻那些马
其实，我更希望它们散落在荒野间
哒哒地跑或者朝向天空，突然发出长啸

而此刻，它们很安静
我望着它们，像望着一幅油画
它们是油画里的主人公
周围堆着草料，天空的蓝把
它们的皮毛刷得更加亮
一道栅栏把它们圈起来

我寻觅着栅栏之门
好像并没有什么门
而那些马也已习惯了嚼草

不停地嚼

（原载《山东文学》2024年第7期）

读我诗歌的人

◎林　珊

我不会再期待你们读出些什么了
我的悲喜像春花像秋叶
落满空荡荡的白纸
我的爱恨像冬雪像夏蝉
空茫得漫无边际

如果你们一定要在某个黄昏
触摸那些，曾经滚烫过的诗句
我希望窗外开始下雨
我希望你们记住的
永远是——

我年轻时，走在树下
满心欢喜的样子

（原载《文学港》2024年第6期）

雨　夜

◎林水文

风吹来雨水，阔叶林翻动叶子
它在颤抖，满一点抖落一点
动静大点滚落更远一些地方
每一场雨对它来说
像孩子做着这样乐此不疲的游戏
暮色之下，雨落下的姿势前仆后继
雨在天空里喊出自己的声音
落在地上喊出另一种声音
心情在夜里发着光
那些披头散发的树木
吞下了雨水湿漉漉的味道
雨水带来的礼物
焦虑中长出小胡须

（原载《宝安日报·宝安文学》2024-6-30）

黑夜里的马

◎林水文

路边有一排芒果树结满果子

它们在暖风中左右摇摆

看不出它们的孤独

树下停着等客的摩托佬

从早到晚，树下就是他的位置

离开再回来，暮色的七点

他的摩托车还停在那里

我看不到他

他或许进超市买晚上的菜

再转回家给放学的孩子做饭

摩托车像一匹马拴在芒果树下

小芒果在枝桠上摩擦低语

一匹马拴在黑夜的树下

眼眶里漫上来的暮色

它的主人不知在哪里忙碌的身影

散步的人一个个地走过

目光温和看一看这匹老马

（原载《宝安日报·宝安文学》2024-6-30）

接近黄昏

◎林宗龙

就要接近黄昏了，红树林的顶部

几只鹭鸟来回穿梭着，江水满了起来
它内部的雨声被我听到。仿佛我是
自然中最隐蔽的部分。我终于
因记录下那些沉重
而感到解脱——“哦，不是这样的。”
那些离开的、消失的、过去的
从我的肉身取走了
存在的、战栗的、徒然的——
缠绕在一起的树冠和阴影
几乎静止的渔船
它们并置在一起
一个永恒的问题产生了——
是哪一种力量，把我们安排在这里？

（原载《朔方》2024 年第 5 期）

在鲁院

——兼致常美、维一

◎陵　少

坐在大理石台阶上
没有比这更惬意的事
透过玉兰沉甸甸的红色果实

刚好可以看到那轮
缓缓落下的夕阳

晚风吹来栾树的影子
像无数盏白色灯笼
在梦中摇晃

两只小猫躺在门口
懒洋洋地晒太阳
多好！它们不用关心
经济，不用关心
还在持续的战争
也没有那么多烦心事

这个下午，落日把三个人的
影子，糅进语言中发酵
落日让每个人脸上，都绽放出
金色光芒。它们来自
困在文字里的宿命
来自自我意识觉醒
来自悄无声息的死亡……

（原载《三峡文学》2024 年第 6 期）

鱼的三种吃法

◎刘　康

下饵前，我想到了阿冷的木船
乘坐它，我们钓起过十斤沉的大头鲤
鱼尾红烧，鱼身清蒸，剩下的鱼头
用来煲汤。时间才将将过去一年，
我们的朋友都忘记了那个吃鱼的夜晚
——明月照耀着湖面，湖面倒映着
木船，木船上，一条褐背鲤在我们
脸上缓缓游动。那晚过后，我们
再没有见过彼此。可以确定，木船
就在我不远处的对岸，但已无人
傍它入水。我喜食鱼肚，腹上
已长出闪闪的鳞片，阿冷食尾，夜里
总传来入水的声响。我迟迟不敢下钩，
就是唯恐拉起那个喝下鱼汤的朋友

（原载《湖南文学》2024 年第 7 期）

鹿角镇

◎刘　康

船行入浅湾消失。父亲说，鹿角镇的
入口就在那里。晨雾遮住了河道，他的
恋人从此再没有回来。我们羁留在岸
眼前是浮动升腾的雾气，那里真会有一座
名为“鹿角”的小镇吗？啼音从远处传来
我想象着鹿群踏水而来的情形，那里也有
我的恋人，她正赤足涉水，从一条又一条
擦肩的行船中寻找熟悉的身影。“你要
做好接受的准备。”父亲的声音在我耳畔
响起，“接受她额顶的鹿角，褐色的长发
以及鹿角镇那永不消散的雾气。”我的
父亲曾经到过那里，但他并没有给我
带来行船。我们徒步至此，两岸是错落
葱郁的林木。越过河道，鹿角镇的雾气
就会披上我身，没有行船的意义在于阻断
回返的可能，望向父亲越来越薄的身影
我听见了鹿群里那道飞奔而来的虚影

（原载《诗刊》2024 年第 5 期）

时间问题

◎刘　康

为此我总感到困惑。当我认为折线是因
镜面或等同于镜面的事物而改变方向，
余光往往就会出现在它的背后——
两条相悖的轨迹源自于同一个光源
时间同样如此。一条道路的两端我遇到了
两个相同的恋人，一个马尾高束，有着
少女时羞涩的脸庞；一个长发垂肩，眸里
闪动着母亲般的温暖。我在路的中央，
左右两侧是一个女人碎裂后又被缝补的心
我就是那个镜面，矗立在现实和倒影之间
光线从我身上穿过而未发生改变
恋人们互相看到了彼此，虚影在顷刻间
轰然消散，我又回到了路的中央。这就是
时间的困境，我告诫自己，并以决然之势
走向路的另外一端——那里有细微的光束
从我身上折返，我相信，一颗完整且未被
时间浸染过的心正在那里等我

（原载《湖南文学》2024 年第 7 期）

黄昏辞

◎刘 年

一阵风打动了一面旗帜，你轻易地打动了我

黄裙掀起稻浪，波及村庄
像一阵风，什么都想抚摸

回光返照的人间，如同转瞬即逝的人生
一半欢喜，一半心疼

像一阵风，什么都想带走，什么，都带不走

（原载“一见之地”微信公众号 2024-08-13）

食物志

◎刘 阳

几乎不再有人关心，餐桌上
那些填补空虚的来源
是一些植物低垂而谦卑的种子

譬如水稻，麦子，高粱，玉米
或者，另一些植物的根茎花朵果实
譬如萝卜，西兰花，南瓜
当然，这些还远远不够
农耕时代，我们学会圈养鸡鸭鱼
祭祀时，我们献上猪，牛，羊
今天，辽阔的菜单远胜于一座动物园
里面居住着鸽子，螃蟹，海参
河豚，鲍鱼，竹鼠，蚱蜢，知了……
聪明的人类，是否已然端坐至食物链的顶点？
昏暗的甬道里，我的厨师兄弟们
排着队，去喂养一头饥饿的考勤机

（原载《湖南文学》2024 年第 5 期）

十二月，去看一棵去年的树

◎路　亚

没有比一棵白杨树更洁白的身体
无欲使它发光
它在冬天挺起腰杆
脑袋嵌进永恒的蓝里

它有触须，却不试探招摇

飞鸟的床，再一次在它身上裸露
鸟留给它的孤独，被它消化
拜时间所赐，它活着就像从没活过

光从躁郁症患者头顶灌下
他们的伤口浸在光里
那些似是而非的，能杀死人的东西
它无声地命令他们放弃

在它底下走出的人，都是明亮的行人

（原载《诗歌月刊》2024 年第 6 期）

一匹马走进我的诗里

◎路　亚

我曾习惯在暗处点灯
观看被灯光放大或缩小的物体
或躲在自己的影子里

直到遇见一匹马
一匹不按常理出牌的马
它让夜晚的星空跌碎在我面前
它闪亮的眼睛迎接我拥抱我

我禁锢的生活被打开
我们在雪的寂静里松弛下来
光进入我的身体。喜悦充满我
我们互相驯服，又互相不服

当它远离时我开始怀念
那些以梦为马的日子
月色下我整夜游荡，寻找那匹马

（原载《诗刊》2024年第5期）

降温

◎路　也

气温自有逻辑，跟谁也不争辩
水银的工作严肃而纯粹
智慧被困在玻璃柱里
大地正在写一部寒冷理性批判

跟爱过的人说永别，让对方成为传说
我忍受不了温吞的不忠，我要酷寒
索性跑到温度计之外
与朔风和冰凌为伴

让云朵冻住，传递不了信息
让冷成为一根刺儿，永存皮肤下面
空气僵硬，连忘却的气息也散发不了
房门砰然关上，我是我自己的壁炉

冬天需要最少的词汇量
浪漫的闲言碎语不合时宜
我不做诗人，我要成为哲学家
请求严寒把人生重新雕造，要有型有款

（原载《诗潮》2024 年第 6 期）

晒太阳

◎路　也

太阳，请晒一下我的脊椎
那里有因劳苦重担而积攒下来的埋怨

请晒我的胸膛，那里有不平和愤懑
尤其心脏，遇到过伤心事
最需要温暖的抚慰

晒一下后脑勺，它遭遇童年震荡
应激的脑回路

需要用一生来舒展

太阳，请晒晒我那苍白而有皱纹的脸庞
当你的轮子从上面碾过
它会变得红润和平整一些

晒一下我的四肢
晒一下我的腹部和臀部
让钢花飞溅的紫外线
来锻造它们

最后，把我像一只面粉口袋那样
翻过来，晒晒内脏
那里有隐形的罪，需要救赎

（原载《福建文学》2024 年第 5 期）

指兰为竹

◎陆燕姜

这一次，这丛兰
竟然开出了骨头
竹节一样铮铮的骨头
她那么旧
旧得只剩下骨头了

年轻时候，每次开花

不是开出月光就是蝴蝶

不是关乎李白，就是关乎梁祝

这致命的标签，贴在额头上的膏药

她抖了抖叶脉，这些柔软了一辈子的剑条

耸耸肩，锵锵作响

她那么旧

旧得只剩下真理了

她端坐在溪边，被弃而后生真叫人痛快

谁说兰必须是兰？而不可以是梅

是菊，是竹？

现在，她就是要这样

血肉清晰

举着绽开的骨头示人

仿佛坚决要让谁看见

又像是誓将与谁，永不相见

（原载“青岛市作家协会”微信公众号 2024-07-29）

水文观测员

◎罗霄山

他的职责，就是丈量出大地血液

奔涌的姿势，以及这血压的高度。
水往低处流是一条无可辩驳的法则，
因此他从逐渐上升的刻度，
大概能推断出雨水在上游愤怒咆哮
然后如何倾泻。他是寂寞的，
具体来说，他的工作就是记录下
每一个重要的时间点，水位怎么上涨，
好比一个人测量虚妄何时从意识的层面
像奔马一样飞驰而过，或者他的悲伤
像溢出湖面的水流。他记录下这些，
可以推测一个人精神被损毁的事实，
以提醒决策者，何时应清空
水库的库容，将悲伤排泄出去。
雨季来临，他必须在每个时辰
唤醒右手及手中的笔，必要时，
要通过电话传达一些危险的信息。
每一个暴雨如注的夜晚，我都在想象
一个水文观测员披着宽大的雨衣，
深一脚浅一脚地沿着堤岸，缓缓接近他
危险的信息源，像一个拆弹者，
在拆下撞针之前，轻轻将土层刨开。

（原载《星星·诗歌原创》2024 年第 6 期）

听　雨

◎落　葵

在等待早餐送达的时间里
听风在雨中旅行的声音
看阿米亥的诗，永在进行的沉默
剪刀，犁铧
雨水刻画了初秋早晨，刻画了一张
黑色雨披之下年轻的父亲的脸
像是轻轻掠起帷幕的一角，看到了生活的巫衣
像遥远林地里的冻土，我们孩子气地跺上几脚
在此时听雨，亦想起晋东南的北风
在翻垄连日的秋雨，年轻的父亲在雨里
手拿铁锹额前流满了雨水，他背后
微弱的光骑着静穆的瘦弱的马
一直在反复抵达，我胸口的悸动
让我想起停电后的雨夜
父亲长着茧子的手，手握唐诗让我背诵
雨水淌过屋檐，荆条温习凉意，烛火不住跳动

（原载《草堂》2024年第5期）

秋　梨

◎落　葵

马路上，一片红色的刹车灯一直燃到
天的尽头

晚秋的风收走了黄昏最后一丝流云
在小区门口，一个衣着朴素的妈妈
守在两袋黄梨的旁边出神

这是焦躁易感的季节，秋梨的柄
恶狠狠刺疼着我的心

我们都是来自异乡的人
慌乱，紧张，不敢轻易兜售
内心的冰凉和甜蜜

（选载《草堂》2024 年第 5 期）

独　处

◎吕　达

当你一个人时

我说的是那种意义上的一个人
你想到的是曾经拥有过的
还是不曾拥有的那位呢
你曾向谁靠近
把真心付出
如今却不再联络
不再探知彼此的消息
你曾看过谁的心
又弃置一旁
如果你的心早已破碎
拿药丸和药膏来又有何用
如果你的身体里住着一条河
就注定要从高山经过
去看那遥远未知的大海

（原载“南方诗歌”网刊 2024-8-3）

悲伤的事

◎吕　达

当我长大我才发现春天其实充满悲伤
那些柔弱的花儿以赤露敞开的天真面对这个世界
她们在月下无声地诉说自己的美
在清风中不顾一切散发出气味

为了引来蜜蜂、蝴蝶，她们甘愿冒风险
把偷吃的小虫以及观花的人也引来了
她们像是被任意抛到这片土地
独自承受雨水、迷雾和光线
这时节她们必须绽放、衰败、枯萎
快速完成自己安静的一生

女孩们也曾这样
这是很久以后我才明白的事

（原载“南方诗歌”网刊 2024-8-3）

在战栗的光线中慢慢成为诗人

◎马　累

冬日下午的光线总让我想起
外婆的音容。粘附在砖缝间的
干白的青苔，会在下半夜变成凝霜，
会像外婆晚年的银发。
如今只有我一个人坐在这狭小
但干净的院子里，回忆如同鲠在
喉头的一句话。我想大声说出来，
但有些感受是否就该保持某个沉默
的形状？是否就该沿着喉头抵达

耳膜、瞳仁和大脑？
我依然记得我九岁、六岁甚至
是四岁时的欢欣，全部来自那个
叫外婆的形象，在她的田野、院落
和灶台边。到如今我依然极端
热爱大地上凛冽的植物，
它们仿佛光线背后的沉寂与无名。
它们守护着轮回的四季。
现在是冬日的某个下午，
我想起了外婆。她应该知道，
我正在战栗的光线中慢慢成为诗人。

（原载《星星·诗歌原创》2024 年第 6 期）

世界在下雪

◎马　容

朋友圈在下雪
世界在下雪
白雪覆盖的大地
纯洁、平静而虚幻
人们短暂地收起欲望
听雪花飘于大风之上

我缩在世界的角落
和一个遥远的人
分享春天的秘密和痛苦
记忆是一盏小灯陪伴我们
时明时灭

雪还在下，仿佛永远在下
无辜又骄傲的大雪
不是从你开始
也不会到我结束

（原载《海燕》2024 年第 6 期）

我也不过是一个粗鄙的俗人

◎马泽平

必须得向你坦白，人群中，我独独喜欢你身上
俗不可耐的烟火气息
喜欢你从旷野回来，脚底新鲜的烂泥
仿佛轻轻抖动
衣襟，就会掉落菜籽、莲蓬
和暮春清脆的雀鸣
喜欢你偏执，冷漠，偶尔孩子气
喜欢你在几棵云杉和松木之间

一遍遍地
喊起我的名字
你俗得认真、彻底，丝毫不掩饰贪恋红尘痕迹
但又像晨雨涤荡我的心绪
我就要四十岁了，我已经没有多少耐心
等待月色漫过山岗。我也不过是一个粗鄙的俗人

（原载“泥流”微信公众号 2024-06-17）

我祖母

◎蒙　晦

我没见过我祖母。
她只留下一张照片，
没有别的遗物。

我七岁那年的一个下午
朝着那张摆在高台上的照片
凝神望了一阵。我母亲以为发生了怪事。

她呵斥，让我醒神。然后回到阳台上
继续和隔壁的老妇人闲聊
祖母生前的琐事。

那张照片在我母亲到这个家来
之前就在那里。在我
到这个家来之前我母亲就在那里，

偶尔擦干净高台上的照片——
在逐渐变暗的事物再次变得明亮的时候，
相框的玻璃会闪过一道光。

我想我是否该去阳台上告诉她们一点儿什么。

（原载《广州文艺》2024 年第 5 期）

外面又下了一场雨

◎米绿意

把我们的故事复述一遍。
妈妈，除了八月，我也不是不想你，刚才
我推开窗，发现外面下了一场雨，
窗玻璃上的雨珠，没有声响，它们马上就要掉下来。

我不太主动打电话给姐姐和妹妹，最近她俩的电话
也来得少了。我有些发胖，常常控制不住地
吃饼干、巧克力、奶油蛋糕和
“一枝多”的红豆。我在晚上吃明天的早餐，

早餐时吃掉午餐和晚餐。

可我从来不真正地自暴自弃。只是记忆
差得惊人。我怀疑是开始尝试后来热衷于忘掉
越来越多事物的名字、音韵和情节。

“我为什么活着？”妈妈，我也问这样的傻问题，
你看，外面何时又下了一场雨
仿佛一把雨的乐器正把无声的哭弹奏。

（原载“绿饭桌”微信公众号 2024-05-20）

松　鼠

◎莫卧儿

只需几次蹦跳，接着
来个飞跃，就赢得
一场摆脱地球重力的旅行
让日夜拖着沉重肉身的人羡慕不已

活动路线更是叵测
在阳光照射下
爪子划出的线条闪耀银光
就像夏天夜空中星座的轨迹

爱好收藏，为搬运而奔忙
善于吐纳，翻找潮湿的物件
拖出巢穴晾晒。来去之间
蓬松的尾巴轻轻颤抖
在流动的空气中保持着微妙平衡

当它做这一切的时候
天空俯身安静地看着
一枚被夕阳镀上金色的松果
朝它微微倾斜了几公分

（原载《诗刊》2024 年第 5 期）

毛　衣

◎姆　斯

孩子，你
仔细摸我的手
把那些代表生命、爱情、财富的线
都从虎口抽出来
织小毛衣

孩子，你穿着我的命运
我的命运有没有让你暖和？

有没有让你下五子棋和原先一样背运？
让你在困倦时数的羊更加快活？

我的命运
是不是越破旧
越洁白，像一点点凿开
奶糖的芯？

还是说
你把我的命运，卖给了收破烂的
和一斤旧纸板一起
赚了六角钱

孩子，如果那让你快乐
我不责怪你。走，我们上街角
买两包辣条；我也早已忘记
自己的手，曾不是一块透明而光滑的冰

（原载“姆斯塞洛芬”微信公众号 2024-06-04）

有关于时光流逝

◎木 木

我们来到枇杷园

枇杷成熟了！像红霞……

穿过枇杷园，我们踏上了凉溪古道
古道边也有枇杷。红霞流逝……

细雨、溪水、青石、草色
都已不是我们初见时的模样

我们继续往上攀登
风不一样了
雨不一样了
暮色变了，我们也变了。我——
你还认识吗
我不知道是谁改变了我

我们上山，又下山
红霞升起，又落下
溪水早已不是我们初见时的溪水
青石早已不是我们初见时的青石

也不知道我的爱人
还在不在那片草叶里

（原载《飞天》2024 年第 7 期）

缓　慢

◎南　子

我要在持续地仰望中
看到一颗星辰的孕育
和它最终消散的一瞬

我要用流水
给马配鞍
把鸟羽摇向云端——

我要在世人交换银两时
交换你我的沉默

我要用有限的生之力量
像地鼠那样
掘开生活焦虑的根

我想在这个时代与你们同时加速
——但生着缓慢的病　从未抵达

（原载《草堂》2024年第6期）

胶　山

◎庞　培

唯有从这个窗口我才能望见
我的人生：宁静
唯有这一片山峦树麓
倒映出的乡村：油菜地
小片芦苇丛和被弃的观音寺
歪歪斜斜的乡村小道穿过夕阳明灭
还剩下不多几处，其余，被厂房
工业园区，污染受损的河塘
篡夺
一阵风吹来大自然的平静
古墓道旁石人石马
已全部生长成杂草荒棘
而春天的盛景渐渐淹过被毁的村野
渐渐在荒芜中萋迷
春光何其盛大，远方飞过无声无息的
鸟群
唯有鸟群身上葆有人的过去，人的今天
人的将来
人身上昔日劳作的光辉
飞鸟高出树木，高出麦田的部分

是人的苦难，同时也是人
生而为人的尊贵品质
当我下午走过这片田野
从一处从未到过的田埂上
眺望胶山脚下
我感到，我被无边的
群山簇拥着：我的河流
我的行迹。孤苦全在于此
宁静的乡土扑面而来
仿佛游子眼中逶迤的热泪
嗡嘤作响的油菜花田
斑驳成了墓碑上质朴的悼词

（原载《西湖》2024 年第 6 期）

清 晨

◎庞 培

我醒来不再在你的枕旁
不再在你的早晨
尽管窗前有一种鸟鸣
几十年后——仍旧柔和，和当初在一起时
的明亮，几乎一模一样。四下里
弥漫的浓雾和寒冷

也一模一样

我沉思那只鸟鸣
仿佛凝视着往昔
有某种东西——时光、忸怩
似乎还有爱情……
——听起来毫发未损。被谨慎、淡漠
晨曦般地保留到了结束：
吻别，变成了长相守

那鸟鸣声仿佛一次次地吻别
恋人们的冬天来临了
天亮了一个小时，街上仍空无一人
雾在鸟鸣声中扩展着
——白茫茫的雾
——我醒来，已不在你的身边

（原载《西湖》2024 年第 6 期）

陶 罐

◎胖 荣

我每天都要抱着这只陶罐
顺着它的纹路，从上抚摸到下

就像黄昏，顺着缓慢的黑
我不能用它来插花
我害怕枯萎
也不敢用来藏酒
害怕自己吐露真相

我放进党参、桂枝、生姜……
文火慢慢地熬
冬日的夜晚，太冷了
双手靠近沸腾的陶罐取暖
我的病，和月亮有关
有时在头顶，有时在脚下
一高一低，永远触不到

（原载《诗歌月刊》2024年第5期）

无　名

◎胖　荣

母亲经常洗菜的
那条小溪叫什么名字
那装满木头驶出村口的
卡车叫什么名字

战场上的那颗子弹
叫什么名字
山岗上那些没有立碑的死者
又叫什么名字

于万千之中我们将他们
统称为这些，或者那些
这些没名没姓的一生
那些存在中的不存在

（原载《诗歌月刊》2024 年第 5 期）

阿 K

◎彭 然

阿 K，你乘坐特快列车
离去的时候，楼群间的夕阳落得很慢。
你当时的挥手，如今想来
像是热烈的诀别。春天你来信说起近况
我这边的苹果花开得疯狂。
我的信寄到夏天的你那里
要读完我这长长一页的酷热。
阿 K，前尘如梦。为何你如此清晰，还不褪色
月色之中始终有一个你，给我清辉

朗照。给我迷途，又给我一条清晰的路。
阿 K，听你说起你那轮故乡的月亮
你说每晚看着窗外，彼时，月亮和月亮下的我
都有点脸红。阿 K，童言无忌
我们长大在童真的院落之中，白色的花瓣有粉红的触感。
某天我们的联系如故乡的门锁生锈
阿 K，我知道，你肯定遇到令我羡慕的好事了。
阿 K，我已不能将我看到的群山与你共享
它们迎风伫立，高大巍峨。阿 K
高高的山坡上，各种野花盛放。我躺在
矮矮的云朵下，注视我们的从前。
阿 K
见面不必，你是我每一天都能目睹的清晨。

（原载《当代人》2024 年第 5 期）

轨　迹

◎ 彭　阳

幸亏我的球技生疏
才会让每一颗桌球的命运看起来是
自由的，不被规划的
它们滚动在碧绿的桌面上
就像是在草地上散步的人群

它们一点儿也不着急这辈子会
遇见谁，爱上谁，怨恨谁
多么宽敞的绿地，多么适合无所事事
它们的轨迹一改再改
真该死，它们谁也不把漆黑的洞穴当作归宿
它们不停地旋转，不停地来来往往
真该死，它们还在幻想飞入星际
成为一颗颗孤独的星辰

（原载《星星·诗歌原创》2024年第5期）

草原上的火车

◎翩然落梅

草原上的火车经过我的时候
我正在水井旁
弯腰拧干衣服里的水

草原上的火车经过我的时候
特地绕了个弯
问候我和那些散漫的羊群

我看到车窗里有一个女人
向我探出头，尖声呼喊着什么

我是坐了很久的火车才到了那里
然后又坐了很久的火车才回到现在

我记得我坐在火车上
看到一个水井旁洗衣服的牧羊女
并向她挥动红纱巾

（原载《诗刊》2024 年第 5 期）

在黄帝城遗址

◎蒲素平

站在大片玉米地中间。逐鹿的天空
密不透风
朗朗的日头下，岁月的磨损处
时间带来孤寂

我习惯去眺望，在眺望中
卸去永恒、神秘
我试图返回远古，注视
地下的石斧、石杵、陶盆、陶甑
大山前的桑干河
消失了，又返回

时间永恒而脆弱。在黄帝泉
每滴水的行走都是一次发现
如果睡在时间里，时间是寒冷的
如果开始奔跑，那泉水
冬不结冰，夏不生腐
久旱而不竭的除了五千年的泉水
还有的就是我身体内的血液

在阪泉，一场战争结束了
在釜山，历史完成了合符
诞生在人间的我们，在呼唤
在写下这古老的记忆和疼痛

我看见另一个我在漫游，在碰撞，在融合
我看见后世的丛林，一边静止，一边摇曳
一把土埋下生命，也埋下黄金
一把土长出黍，也长出希望
时间的灰烬飘飘洒洒
散开的人群重新集聚

从一株玉米上，我
重新找到了干涸，摇晃的生命史
找到了无法言说的沉默

我们多么容易激动，容易爱

容易把历史和未来混为一体
又过于分离。

（原载《诗选刊》2024 年第 4 期）

傍晚的秘密

◎青　晨

一条银色的伤口，出现在食指上
是傍晚划伤的，至今没有愈合
它沾染了一个孩子的语言，阿布拉斯，阿布拉斯啊
赶着要去见一个人
灰色帽子，黑大衣，树林里比较潮湿
晚霞散落在空隙间
伤口放松了下来，它是一条小蛇
和日落前回家的人
有一个集体的秘密

（原载《星星·诗歌原创》2024 年第 5 期）

肉体中的兽

◎晴朗李寒

肉体的樊笼。这只蹲踞其间的

小兽。她不能使我安静下来，不能
使我专注于生活
或者爱情。这只小兽，猩红的眼睛
坚硬的毛。她时而用倒刺的舌头
舔玩我的心，时而用尖利的齿爪
撕扯我的灵魂。

她是我的一部分，她是兽，她
就生息在我的肉体中，
我用我的血肉，我的气息，
我的生命哺养她，我爱她。我恨她。
然而，我是她的玩偶，她的工具
她的皮囊，她发泄的对象。

你看我安静地坐在这里，
你看着我说我笑，看着我打开一本书
看着我在键盘上敲击出文字
看着我上班下班吃饭穿衣
看着我对你说出：爱
但是你不知，那只小兽
其实就蹲踞在我的肉体中，她时而狂暴
时而温顺，这些你全都看不见。

（原载“晴朗文艺书店”微信公众号2024-06-28）

麦秸车

◎晴朗李寒

我看见那么一大垛麦秸
金黄色的麦秸
在午后的华北平原上移动

这是芒种过后，在邢台以南
无垠的原野上亮出耀眼的麦茬
一辆辆收割的机械正一路北上

麦秸车行进在乡间公路上，它的速度
不快不慢，那么一大垛麦秸
它的宽度和高度影响了它的速度

我看不到那个驾车者，谁能猜到他
此刻的心情，但那垛上的押车人
极像草窠中一只幸福的鸟雏

我们的车这么快地与这垛麦秸擦身而过
一节麦草滑落到车窗上，我的心中
突然感到了夏季的重量

（原载“晴朗文艺书店”微信公众号2024-06-28）

独弦琴

◎邱红根

那是在江夏鲁湖米小君子园
那是癸卯年 5 月 8 日的夜晚——
是夜惠风和畅、虫声稀薄
先生弹奏的曲子
是我听过多遍的《卡萨布兰卡集市》
这故事早已烂熟于心
我却有幸在鲁湖的怀抱里
在这篝火狂欢之夜
听到故事的另外一种译本

独弦，多么谦逊、低调的存在
琴声婉转，如泣似诉
它仿佛在提醒我，再复杂的爱情
用一根弦就能说清楚
再繁复的生活也可以有简单的注解

（原载《安徽文学》2024 年第 8 期）

大清洗

◎邱华栋

自此：狂暴的洁净之水开始飘飘洒洒
向这个世界
包括田野和山林。包括城市和铁路。包括灵魂和面孔
一张天宇和地母张开的水的大网
一次混浊和秩序的更迭
一片喧哗和沉寂的组合音响
一种吐故纳新的全景式躁动不安

有的只是腾腾而起的变裂革新的气泡
有的只是新旧交合渗透的汩汩声响
只是钢和铁摩擦出的崭新火花

请你听：刷刷的洗涤声中响起杂沓的倒塌
该腐烂的一定要腐烂
该清洗的一定要清洗
该新生的一定要新生

其实有的只是一片轰然的倒塌
有的只是一片破土而出的毕剥爆芽

（原载“原乡诗刊”微信公众号 2024-05-31）

站在窗前

◎钱万成

站在窗前
对面那棵树好大好大
一群鸟飞过来又飞走了
无法带走树的寂寞

远处是一条公路
车来车往
偶尔出现拥堵
司机不停地按着喇叭

一群牛慢慢悠悠
不时地啃路边的枯草
无论主人怎样大声吆喝
它们依然置若罔闻

一群孩子放学回家
站在路边看牛和汽车对峙
他们好像在互相打赌
等待一场较量的输赢

天渐渐地暗下来

黑夜将窗口封住

一切都在夜色中消失

包括自己映在玻璃上的影子

（原载“诗东北”微信公众号 2024-04-05）

奔　赴

◎荣　荣

静止时，一杯醇厚的酒与一杯纯净的水，

一样心平气和。

那只是外表上的收敛或妥协，只是将水里的

火藏起来，那些被酿造的粮食和流水。

我更喜欢它们在不同器具里的样子，

经典的或煽情的，那些个性别具的外衣。

甚至装作一口袋粮食，细麻绳扎着口子，

被搬运着，用来小酌或畅饮，珍视与收藏。

他就带着类似的酒长途驱车而来，
奔赴夜晚一场相聚与别离的狂欢。

纯音乐的背景里，他感觉自己是高速上的清流，
有时就是一坛酒，一个让人惦记的醇香男友。

（原载《扬子江诗刊》2024 年第 4 期）

夜雨剪春韭

◎三　子

二十年，会发生多少事
掠过小县城和漠漠乡野的燕子
并不知晓。河岸上的樟树
叶子还是绿的，水的流向
依旧向南——拐弯处
那是散乱着弃物的浅滩
曾经，有一群人在沙地上奔跑
跑着跑着，影子就散了
太阳落下的时候，乌仙岽上的
寺庙，敲响了昨天的钟
低沉的钟声里，丢失了二十年

或者是浮出了二十年？

而春雨，恰在此刻淅沥地

滴落。一点两点——

乍暖还寒的天气，当我们

相对而坐，以茶当酒

所有说出和未说出的欢喜忧伤

只是草木之间的沉默

（原载《诗刊》2024 年第 5 期）

冬天回到农场

◎桑　克

火车吭哧吭哧，

光斑在路基和路基外面的荒草上面

跳跃。往远处看是黄色的灯盏，

在平房的一间卧室里闪烁。

月光如果穿透乌云，

还能看见昏暗之中密密麻麻的雪。

泰加林在山坡上肃立，

目送激动的车皮。

这些景象我曾经写过，

正如我看见每一个陌生人
都像我曾经见过的一个熟人。

衰老征兆既已显现，
就不会停下由高而降的
滑雪板。农场人物更是似曾相识，
我见过他们的童年容貌，却不知他们到底
谁是谁。曾经冻裂的小手

里面的红色褶皱泛出一阵阵
疼痛的回音。如今的手们全都藏在手套里，
交谈内容从天气开始从药物结束。
不回忆，也不评论时事。

关于尽头，要么讳莫如深，
要么直言不讳，甚至相互诅咒，
以便催促对方的行程。熟人们正在
减少，活着就是全部意义。

冬日阳光照着臃肿的棉衣，
运动器械的关节在风中嘎嘎吱吱。
气象台百叶箱在他们身后卧倒，
他们谁也没有发觉。

（原载《草堂》2024 年第 5 期）

渐渐，渐渐地……

◎桑　眉

还是不得不用比喻句
形容时间在某一刻悬浮于罗盘之上
如檐雨“滴答”的声音不再

有人开始埋怨屋背的响水凼太响
秋虫太闹，风沁骨地凉……
她夜里做不了一个完整的梦
早早醒来，给五个孩子和孩子他爸弄早饭
然后出门，叫旺旺的狗时前时后
陪她去砍柴、割猪草或者挖地、捡栗子……

山里树木葱郁却无比空旷
渐渐能够容下她年轻时的悲伤
渐渐，渐渐地她忘了自己曾那么悲伤

（原载“无限事”微信公众号 2024-08-12）

有时候，有时候

◎桑　眉

还没把镜子搬回家的女人

整日整日担心落在家里的花瓶
怕它独自在家里破碎

镜子有时候会替一个离世的人照顾花瓶
和花瓶里的花
看神色恍惚的人儿替花换水

镜子有时候会伸出虚无的手指抚摸她的鱼尾纹
和蝴蝶刺青
替一串断线的泪珠找到脸庞

镜子也许是另一个世界的入口
有时候她端详它久了
窗、花瓶、水平面……世界上玻璃一样的

事物，和人物都碎了
都飞起来了
整夜整夜飞，飞……

（原载“无限事”微信公众号 2024-08-12）

雨　衣

◎沙　马

父亲死后，他的一件雨衣还笔直地

挂在客厅的墙上
现在，墙上出现了人的痕迹

客人们来了，都好奇地朝这件
雨衣看了看，然后
眨眨眼，笑笑，也不说什么

有一天，我想将这件雨衣取下来
折叠好放进储藏室
母亲说，就挂在那儿，这家伙喜欢热闹

很多年过去了，雨衣还挂在墙上
斑斑驳驳的样子
像是一个疲惫不堪的灵魂

（原载《山东文学》2024年第7期）

秋色赋

◎商　略

平野上的落日
飞过铁路桥的野鸟
都是少年模样
天空和林木

依然在水面投下
不安的影子
和冰凉的星星
我们的两鬓
比蒲柳更敏感
后来我们在厨房练习染发
人和草木一样
落叶总是来自高处
落向最低的，郊野的墓地
我们顶着不真的黑发
想着如何挽留
直到我们失去一切

（原载《安徽文学》2024 年第 6 期）

石　匠

◎邵纯生

我遇到了一块刁蛮的石头
敲落的碎渣多于树上的菩提
可我仍旧雕琢不出
一尊佛头该有的那种法相
这块石头的足跟一直和岩壁
连接在一起，我时常

闭上眼睛，又猛地睁开
凿子下的菩萨，容貌越来越像
打小把我看大的姆妈
想要的灵光始终没有闪现
在时间的流逝中，我日渐倦乏
怀疑自己的手艺和虔敬之心
是不是称得上一个好石匠
我沉默在一堵断崖前——
既不能给世界添加几分喜乐
又无法把石头还回原样

（原载《诗刊》2024 年第 5 期）

醉　秋

◎施施然

雨后的天空湿漉漉的
漆树将红叶撒了一地
在褪去蝉蜕般人群后环顾
空旷的四周，谁来与你分享
沱江的背影和引力？

这座城市，工厂在迁往郊外
田野升起了医院和儿童的乐园

当年在街头唱披头士的
半大男孩手持吉他，反复以
狂野歌喉叩门

你们在结着薄冰的公园里
听邓丽君，喝从家中
偷出的泸州老窖
脖子上系着鲜红的围巾
如今，灼灼的目光，与喘息
都和青春一起消散在雾里

踏着厚厚的落叶，你行走在
往事精雕细琢的瞬间
你并不在意那些告别，但记忆
记忆，是一条忠实的狗
沿着微醺的惆怅一路寻回

（原载《山西文学》2024 年第 5 期）

虞美人

◎时　晓

有人说，我美得就像虞姬
我懂得这种方式

说一个人很美，最后只能说
她美得像那个不存在的人

我谦虚地说
我只是长得周正了点
谦虚接近真实
虽然美貌不再进步

谈论美的时候
没有人讨论死亡和悲剧
但我知道，当历史从刀尖上走过
确实需要有人伴舞

当我遇见一种叫做虞美人的花
心中才释然
那么多的花
那么多的美人
我不是独一的
我只是在其中摇晃的一朵

我望着镜子里的自己
像望着一个不存在的人

（原载“十月杂志”微信公众号 2024-04-21）

回　响

◎时　晓

沙沙、沙沙的雨声
像某种回响

带来母亲清瘦的身影
带来整齐的鸡舍、早起者的窗口
带来对一场雨细细的回想

麦子拔节，风吹着玉米地
小鸡在刨食
所有的声音都渴望变成雨

雨像一袋又一袋白亮的蚕茧
被母亲抱上房顶晾晒
安静的蚕房里，沙沙声响着，雨
在另外的空间里下个不停

父亲把挣来的钱交给母亲，那场景
像一部默片
只有雨的沙沙声能破译那默片
我的父母已衰老

雨如果来探望
要带上它年轻的沙沙声

雨，再次从雨声里出发
——它从未离去
回响再次代替了原声

（原载《扬子江诗刊》2024年第4期）

旧照片

◎舒　柳

风暴已经过去，桅杆
在黄昏时被重新升起
我们坐在嶙峋的海边礁石上
但没有触礁。一下子
周围都安静了，从我们
坐下开始，海鸥不再飞了
落日永远定格在那儿
我们被摄魂到了旧胶卷里
反复冲洗出上个世纪的陈旧感
锐化，阴影，最后脸部变得模糊
黄昏只剩下两个颜色，海鸥
和纯粹的黄，我们在中间黑黄相接

说了什么，已经不重要了
我们早已变形，一团黑暗将我们吞下
连同时间和那件身上的灰色毛衣
直到冥冥中某个时刻钟声响起
天空开始解冻，海鸥觉得现在还
为时不晚，海浪替我们理了理衣角
背过身去，他们是松散的，我们更是。

（原载《星星·诗歌原创》2024年第7期）

我

◎宋　煜

我是一个人
有时是两个
有时我又是这
两个人的观众
看他们秉持不同观念
可他们都是我
孤独是我的
软弱是我的
挣扎是我的
执拗是我的
快乐也是我的

它最容易被打败
我看着两个我
有时是一对
拉锯的下力人
面对滚刀肉
一般的生活

（原载《当代人》2024年第7期）

光斑落在墙上，而不是地上

◎宋　朝

对自然之物尤为上心，尤其小的
弱的，轻微的

未成形的，飘忽无所依的
发丝上的

俳句的形容词。山空出的部分
它们不在石上，不在水上

喜欢陪它们坐一坐
在窗子打开之后

在一座空房子，它们是外来之物
不会停留太久

它们颤抖，或是因为胆怯
它们变幻，或是因为时间尚未赋形

在发丝上理解爱，在木头中
雕刻出莲花。微光——

多年前我听过这样的呼声
多年后我记得疼我的人

（原载《文学港》2024年第5期）

寻找一位草原上的诗人

◎宋晓杰

你迷失在我的十九岁
显然，你也在同样的年纪
丢失了我，暂时或永久……
土默特左旗，我的舌头需要顿三下
中间一个干脆的爆破音
才能使你的出处，格外郑重
当然，那儿也是你的去处

如格桑花，或三叶草
你隐于寥廓的人烟
瘦小、机灵，你一定在深草中
秘密穿行。否则——

三十五年了，我多次想象与你
重逢的场面……关于你
我写过散文，也许，是小说
见到二字重名，妹妹！我依然心动过速
——书上说，我们都是要失散的人
只不过，十九岁不知道
它存在的多种可能，相当于盲盒……
如今，再也不用寻找了：
我分饰两个角色
自导自演，信以为真

（原载《山花》2024 年第 5 期）

返乡路上的母亲

◎苏仁聪

在长沙南站，她终于迷路了
这位外出打工多年的中年女人
既是文盲也不会说普通话

她茫然地站在候车大厅

像森林砍伐后，寻找家园的孤鸟

最后她才想起给我打视频电话

我在视频里指导她

向前，再走，左手边，就在这里等

最后，她坐上动车，在靠窗的位置

我见到她镜头里的南方

春色已经渐变为夏景

她就要见到病床上

已经认不出她的父亲。

（原载《草堂》2024 年第 5 期）

早逝的父亲

◎孙晓杰

尘世已睡。我的眼睛

还亮着灯

我想起那些早逝的人想起

父亲

悲从中来

有人说：他们早逝，是因为生无可恋

有人错了

一个孩子的眼泪可以证明一切

早逝的人，一定得到了神启——

把自己的生命，戛然
切断，馈赠给他们所爱的人
我原谅有人
无情的懵懂就像角落里卑微的尘垢
我背负父爱
替父亲活
在这苍茫的人间
我无法区分
哪一天是我的，哪一天是父亲的
黎明是我的，黄昏是父亲的
河流是我的，山峦是父亲的……或许
父亲生下我
即把他的命，全都给了我
他活着我的身影
我是他可见的余生
我嗫嚅着喊了一声“父亲”
天空暗蓝
灯光波涛汹涌

（原载《延河·上半月刊》2024年第5期）

野蓖麻

◎谭夏阳

那天黄昏，我躲到了

野蓖麻树下。
那里曾经是孩子们的天堂
广播天线通过连接树的枝丫而增强了
信号：歌声里，有一棵橄榄树
和一个电波中的远方。
那时候，我的远方在哪里？
我当然无从知道。
我还是个孩子
刚偷了同桌的文具——
一支烫金钢笔，通体透蓝，形成
致命而闪光的诱惑
我把它埋在野蓖麻树下。
作为一个秘密，它发育成一棵
羞答答的野蓖麻——
掌形叶片，遮挡着阳光的直射
铜锤状果实，浑身布满了刺
如同坚固的防御工事
我能抵御时间的拷问吗？
我只想逃到远方去，但远方
就是那个橄榄树的远方？
当我打开成熟的果实，我被那个
画面惊呆了：蓖麻种子
那光滑的大理石般的纹理中
竟藏着一幅微缩的航海图——
啊，蓝色的远方！
多年以后，当我涉水返回故乡

我早已不再小偷小摸
但岁月却无声偷走了
当初的那棵野蓖麻。

（原载《诗刊》2024 年第 7 期）

她喜欢上一件绣满蝴蝶的衣服

◎唐　果

她喜欢上一件绣满蝴蝶的衣服
她穿上衣服在镜子前面
转来转去
转来转去，头都快被她转晕了

她快变成蝴蝶了
她就快变成蝴蝶
飞出店堂了

她没有变成蝴蝶
变蝴蝶是年轻姑娘的事
一位年近八旬的老太太
穿上绣满蝴蝶的衣服
镜子里的人像蝴蝶
朝镜子深处飞去

（原载《星星·诗歌原创》2024 年第 5 期）

爱在相识前

◎唐　允

有一次，
妻子跟我说，在我们相识之前
很长一段时间，她住在
高新区的出租屋。有天早上
醒来，她的脚肿得出奇，上面
有一个小小的伤口。
可能是蜈蚣。她一步一步
挪到最近的诊所，又挪回来，
舍不得打车。这样
过了半个月。她只吃包子，喝自来水。
痛和穷让她难过，但也感到一种
奇怪的平静。她问我，你理解
这种平静吗？

我说我理解。事实上，我认为这往事里
有一段爱情故事。我永远不会问
她爱谁，以及谁爱过她。
也许没有这么一个人。但我知道，
我知道，就在那时，
在我认识她之前，我已

爱上了她。

（原载“凌晨两点独饮之歌”微信公众号 2024-07-23）

生　命

◎唐　允

当时，我想活着，每个时候
做一些事情，
末了会有食物，睡眠，
以及无论什么样的声音，
以及沉默。
这些总会来自其他人，来自他们全部。
我不知道我骨子里的渴望
会存在多久。我的兄弟在广东，
进了木工厂，整天闻着油漆，抽烟。
还有一个四处游荡，酗酒，
近乎乞丐。
我们与他人的联系总是
从爱情开始，从一个女人开始，
从一个女人结束。
然后是家庭，孩子，过去
忽然变得遥远。
现在，你知道吗，我总是一个人

去桥上走走，听音乐，
散步，设想我是
那两个兄弟中的一个，任何一个。但我
对他们的悲欢已很陌生，甚至不觉得
那是什么悲伤，或者欢乐，
只是厌倦——
从我们发觉自己不会
变得更好那一刻
开始，就是这样。这只是
虚伪的开始，然后我们拥有很多东西，
远远多于生命。而生命
应该是恐惧拼命
拦着你，让你别去触碰的东西。

（原载“凌晨两点独饮之歌”微信公众号 2024-07-23）

打铁匠

◎田　禾

诗人有神来一笔，他有神来一锤
两把铁锤撑起的事业
小锤两斤，大锤八磅，大锤小锤
上下起落，砸着有节奏的声音
一块铁从厚处往薄处打

打铁匠硬是要从一块迟钝的
铁中，逼出刀刃上的锋芒

拉动风箱，炉膛内蓝色的火苗
噗哧噗哧往上蹿
炉膛内像有五个太阳在燃烧
火候到了，往手心里吐一口唾沫
用铁钳夹出一块烧红的铁
铁砧上升起一团白烟
那是在叫你，快趁热打铁

铁锤落下，火花便飞溅起来
从一声轻响，慢慢变成了重锤
且越打越快，两个人把所有
的力量，都砸在一块铁上
甩开臂膀来一场打铁
那铁的颤栗身体也能感受到

打铁就是让死去的铁再活一次
卷刃的镰、锄、锹、镢、镐、斧
一次重新回炉，都能打出人们
想要的器物。不量尺寸
方的可以打圆，短的可以打长
厚的可以打薄。黄昏打短了
天空的银月就打成了镰刀

（原载《芳草》2024 年第 4 期）

灯　塔

◎田　暖

一定是梦沉淀的光，让它生出了翅膀

长成巨人，在众生迭起的浪尖
用光芒的臂弯，挽住黑暗的陷落

一定来自最高的信仰，爱和悲悯
痛苦时，它是广袤天空的雨滴
幸福时，它是天花板上镶嵌的月亮
往返于来时的道路，让幻影重现

这暴风中诞生的烛火，就像生活
有时候需要通过幻想
增加活着的长宽、韧度和温度

落魄如我的人，在它的光圈里
流泪，受苦，孤独，绝望，感念
承受命运和它的光照
这构成了我的道路，浓雾中悬而不落的灯塔
我远远地朝它走去，终于抵达它的时候
才发现，它那里什么都没有

除了身上汹涌的热气
它那里什么都没有，但偶尔抬头
它又隐现在远方

（原载“长安诗卷”微信公众号 2024-06-05）

在冶炼分离线

◎汪　峰

在冶炼分离线
反应釜、萃取槽、管道、离心机
料液在其中，当行则行，当止则止
就像工人体内永世的河流，不泛滥
但充满着漩涡，很迷离
总有坚硬的盐被悄悄地析出

萃取槽的三角皮带带动着小小的搅拌机
不停地搅动工业园区的心脏
萃取工在中控室一一抄写着各种工艺数据
她在键盘中不断调整着生产参数
就像一个钢琴师在反复调整音阶

齿尖上闪烁的酸与碱，这工业的锯片
像时间的骨缝做过手术

丢下一堆零零散散的铁钉

冶分线有点像星月犁过的旷野
充满了不确定的消逝和新生

（原载《诗刊》2024 年第 5 期）

母亲的一次针线活

◎王　咏

母亲已无法将线顺利地穿过针眼
虽然，捻线的动作仍很熟练
执针的姿势，也仍标准
细细的针和线，却不再任由摆布
我看着她浑浊的眼睛和颤抖的手
一遍又一遍，凑近
又挪开

静静地看着，我希望
能有一次凑巧，棉线恰好可以穿过针眼
像小时候，我用香头点燃烟花
等待金黄的光焰，一下子照亮全世界

而此刻，搭在母亲臂弯的那件外套

便是她眼里的全世界——
我进门时脱下来
不知道什么时候，它缺了一颗扣子

（原载《北方文学》2024 年第 5 期）

扫

◎王　咏

执一把扫帚
每天凌晨三点半，她准时
撩开一条道路的等待

除了，零星的落叶和垃圾
需要扫起，无数人的悲欢

她记得，昨夜路过
看到，有人在公交站牌下，不舍地拥抱
有人躲在街角，独自哭泣
还有一个喝多了，抱着树的男人
树下，落了一地松针一样的自语

（原载《时代文学》2024 年第 3 期）

井中的月亮

◎王　娟

那群猴子好可爱
你攀着我，我攀着你
竖成梯子去往井里

那些年，无数的我
攀成人梯
也这样，捞过井里的月亮

那些，一碰就碎的光影
那些空落落的美好
我都真实得到过

（原载《中国校园文学·青年号》2024 年第 6 期）

十 八 行

◎王怀凌

屋后埋着几窝洋芋
墙根站着几株玉米

门前小菜园改头换面，安居着
远道而来的奇石和花木
时光的遗址，接受新生事物的美学教育
蝴蝶和蜜蜂发自内心赞美诗意而浪漫的新生活
乡村画卷的封面，写实比虚构更迷人
我关心的不只是花开，还有
树荫下的老人，你看

他们把目光一次次投向山坡——
那里树冠蔽日，野草茂密
已然成为野猪、雉鸡、兔子们的世外桃源
和鸟雀的天堂
这大写意的繁荣，被一只过路的孤雁陈述

孤雁飞过村庄上空
鸣声里
秋风饱满
暮色苍茫

（原载《草堂》2024 年第 5 期）

黄金面具

◎王可田

一副面具

不是舞会上那种
也不是
盔甲的一部分

你需要的面具
是让最受挤对的你
从里面走出来
钙化一种模样

你需要的面具
是让更多无名的你
从里面走出来
挂在脸上

你需要面具
需要让所有人看见
欲望表达
最直观的形式

你需要面具
需要时间
这白胡子匠人
手里的金子

（原载《作家》2024年第5期）

失　孤

◎文　非

手套的命运大抵相似
一只走失，一只遗弃

丢失是从一只开始
然后是另外一只
公交、地铁、餐厅、商场
以及老家走街串户的酒桌上

这年春节，我从酒桌下来
看见父母戴着两只不同的手套忙碌
那是我往年春节丢弃在家中的

我翻找出给父母买的新手套
母亲却说，你戴过的，更暖和
说完拉开一个古老的抽屉

里面躺着一排单只手套
它们整齐干净，大小不一
仿佛是被父母收养的孤儿

（原载《诗刊》2024 年第 7 期）

鲸　鱼

◎乌鸦丁

我曾经在大海深处
见过一个养珍珠的人
终日披头散发，赤身裸体，但眼睛明亮
沉默，忘记了语言……

后来，我回到古镇，回到人群中
我将我的经历以及所见，告诉她们
也告诉她们
我得到过他的馈赠

但她们都不相信
漫长的时光过去了，只有一个蠢女人
傻傻地跟在我身边
只有她相信，我是身藏珍珠的人

（原载《诗林》2024 年第 4 期）

我看见了你

◎吴春山

我看见了你，在人群中
我的眼里因此而升腾起火焰
它照亮的夜，是涂黑的另一种昼
那填满沟壑或浸淫平面的黑，如倾倒进
用现实烧制成的模具。我看见了你
在正午明亮的光线中，披着一身
斑斓虎皮，手提公文包
像饥饿的猎手叼着日常捕获的猎物
有时候，你跨过用语言修复的栅栏
却误将黄昏，当成一头哀嚎的兽。我看见了你
努力靠近扎堆的人群，与人握手，寒暄
你很少发现，与一个人握手时，他或她
手心里会飞出一只鸟，这绝非某种理想主义思想
抬头，想想吧，有时就连忍耐，也是生活
奖励给你的一枚勋章。我看见了你，织网，破网
每推开一扇窗都希望有群山席地而坐
在自然主导的秩序里，认可山水草木不朽
你携带有空气、粮食，并用谦卑来换取自由和尊严

（原载《青年文学》2024 年第 7 期）

论玻璃的作用

◎伍晓芳

它的透明性
决定了它的神秘性

一块玻璃
并不影响我们看清风景
也不影响看清人
却又神秘地阻挡了一些事物的靠近——
暖风或冷风从窗外吹过，我却毫无感知
有时也会眼睁睁看一些事情的发生或结束
而无法阻止
当然，也可以充当不去阻止的理由

但很多时候，我们并不知道玻璃的存在
比如，在爱或美的诱惑面前
会猝不及防地撞上去，爱与美没有碎，人碎了
伴着尖锐而晶莹的碎片

人有时也需要用玻璃做面具
坦诚相见，又保持一定距离
隔着玻璃接吻，和隔着玻璃目送

也许是最恰当的方式

（原载《时代文学》2024 年第 3 期）

望星空

◎武光强

焦点消失于星群的迷散：
疏离，纠结，暗通款曲，
有的光半路夭折，
有的坠地亦轻如屋脊上的猫爪，
而它不坠于大地又坠于何处？
堆积光亮也堆积黑暗，
堆积寂静也堆积轰然，
我伸出手却怎么也无法触及
你那闪光的一页，
也不能很好地理解你铺展开的诗意，
一生，我将这样获得满足：
与繁星对饮，切磋光、阴影与黑暗
埋身于一束光里，从而和亿万人一样
做一个享有星空的人，哪怕
只沉醉于时间的一个小角

（原载《山东文学》2024 年第 5 期）

种 花

◎西 西

我正准备把初阳塞进花盆
头发就被土中的陶粒绞了进去
手掌又被花盆边沿
铸住。地层深处轰隆隆地
迎接我，一块新的番薯。
这是底下会有岩浆的那种土。
过不了多久，倒立的四肢会掌握光合作用
以蜚语为食，脚丫在春天开出茉莉花。
父亲边喝粥边叹气，我有空应该把水
浇在女儿头上，早该坐上
书折成的纸船，在脸盆里遨游。
他没有发觉，当我再把头抬起来时
脑袋上套着一个早晨

（原载《当代人》2024 年第 5 期）

会 议

◎西 西

为了开会时，灯光能均匀照亮整个会厅

除了天花板中间那盏金苹果般的大灯
还要种萝卜一样，横竖均匀地挖一些
坑位，与椅子对应
只等人坐下，萝卜的根须就秘密地
与座椅与地板与时空里的灰尘，与被天花板
挡住的星空，形成通路。这个最关键的
参会者，不知道自己一坐下
开关就尖叫
一道道光沿着秩序、方向、使命串联万物
椅子腿接上了雨林的根
热血跑出裤管，历险下水道，漂洋过海
回到大脑时，必须不仅丝毫无损
还要拖回那个与灯亮之前完全不一样的
新世界

（原载《扬子江诗刊》2024 年第 1 期）

正在生长的父亲

◎夏　午

男人从外面出差带回一个娃娃布偶。
每天晚上，他的孩子轻手轻脚地
抱着他的“宝宝”，一起上床睡觉的样子，

分明是一个父亲的样子——
那个父亲，住在一个不足五岁的，
小小的，男孩的身体里。
即使在黑暗中，他还是认出了自己：
一个尚未完成塑形，正在生长的父亲。

（原载“夏午工作室”微信公众号 2024-08-10）

只有黑暗才能将他修补

◎夏　午

晚饭后，他喜欢一个人沿着河岸
走到没有路灯的地方，缓缓坐下来。
那颗在白日里为光亮所累的心，
只有黑暗才能修补。
只有在黑暗中成形的东西，才能
拯救他身体里的黑暗。
当他站起来，那在光亮中失去的东西，
已在黑暗中一一找回；并且得到了
一些新的馈赠：
玉兰、结香、郁李的香气充盈着他的身体。
他变轻的身体，沿着水面低低地飞。
他知道那在黑暗中得到的东西将支撑他

走进新的一天，那阔大的光亮中。

（原载“夏午工作室”微信公众号 2024-08-10）

时间能有什么情绪

◎小　西

流水坚硬，雪在消瘦
时间能有什么情绪
存在，然后消失
是它奔赴的目的地。

大风不断晃动着荷塘
莲蓬仍站在淤泥中
它们已在旧的一年里
捧出了花朵，雨水和误解。

而空寂是一堵石墙
没人前去敲击
没有声音穿石而过
只有一把铁锁，紧紧关住
两扇黑瘦的门

（原载《山东文学》2024 年第 5 期）

松木的清香

——致万玛才旦

◎小　引

故事讲了一半
讲故事的人，就走了
我们面面相觑
这没有结局的一天

最好和最后之间
相差不远
一个人在夕阳下喃喃自语
他撞死了一只羊

悲剧的发生并非源于松木的清香
你看，微风吹散了骨灰
死亡约等于遗忘
语录约等于佛经

那天晚上
明晃晃的月亮照着扎什伦布寺
世界并没有变大
人烟为什么越来越少

（原载“遇见好诗歌”微信公众号 2024-05-10）

圆周率

◎小　隐

说到底，这是安全的感觉
——计算到最后的数字
得到肯定的回音

祖冲之最初证明了人类的无助
切割一个具体的圆，直到时间用尽

假设最平直的路是天路；通向天堂的路
在微小的视野之中也会展露弧度

正如无限接近死的人
也会对空无表示惧怕和拒绝

有人用这样的挣扎告诉我
承认世界毫无道理
比发现它的终点更有帮助

（原载《三峡文学》2024 年第 8 期）

秋日里的蝉

◎熊林清

只有这些蝉不会停歇
在高山上叫，在江湖边叫，在大街旁叫

从汽笛和车轮中突围出来
隔着楼群，坚定地把叫声送入耳膜
让金石之声夹着浓浓的汽油味

把人从带露的梦中叫醒
平铺直叙地叫，波澜不惊地叫
又把人从白日的燥热中送入迷梦

想想一街的梧桐叶
将在这样的嘶鸣催促下枯黄
飘落，像一街蹒跚的老人
不知去向

想想同样是这些蝉，还夹在书页里
陪虞世南唱，陪骆宾王唱，陪李商隐唱
那么多声音已经被时代埋葬

——我原谅你们了：
无论是来自凌晨清梦中故乡的山岗
还是这傍晚，昏沉眼睑底下的街旁

（原载《北方作家》2024年第3期）

漂亮的事物

◎熊　曼

那对母子再次路过时
儿子再次停下来赞叹道
看，里面的花好漂亮
房子好漂亮
滑滑梯好漂亮
好想进去摸一摸
可是铁门锁了妈妈
我想去这里上学
那个母亲再次面露难色
拉着他匆匆离去
她再次感到了羞愧
为那些过于漂亮的事物
它们总是平白地
让人生出羞愧之心
但她不能说漂亮是错误的

事物本身没有对错
年幼的他暂时不会明白
当他长大
更多漂亮的事物
将守在他必经的路口
他必须学会视而不见

（原载“原乡诗刊”微信公众号 2024-06-10）

我等待着你

◎徐　晓

我等待着你，像白纸等待着钢笔
像银两等待着诱惑，像被点燃的香烟
等待你的嘴。像一个盲目的人
紧闭双眼，即便前面已是路的尽头
即便我已来到正确的另一面
即便你我之间
是这般贫瘠，又是那样难以言喻地富饶
如同你被遮蔽的过往

我依旧等待着你，怀着痛苦的激情
为此我愿意横冲直撞
把人生推倒重建。我愿意跌进

幽深的夜色里，躺在一首还没落笔的诗中
以一张白纸的空白，等待你
一直深情，一直忍耐，在没有被揉皱之前

（原载“望他山”微信公众号 2024-07-17）

慢　慢

◎徐明月

这里的一切，我都喜欢
我喜欢阴郁的云层里的，一小片
蓝天。像一只含情的眼睛，望着我
我喜欢，望着这个世界。
有的时候，我喜欢一无所知的自己
踩着田埂上的青草，一步一步地
又谨慎又粗心
远处传来鸡鸣声，乡下的凌晨
雾气四散，我真的喜欢
空气里有甜的、酸的，还有一点苦的味道
像人生，眼前的一切
混合着许多的味道，我喜欢一点点地尝
河水澄澈，两旁的林木带着新鲜的好奇望着
我望着它缓缓地流经。
一些阴影摇摆着，但很快消失了

这里的阳光太过明媚——

远山带着欣喜的表情被它拥抱，抱了又抱

这里的事物就是这样，又多又密

爱一个人，爱得又久又长

（原载《星星·诗歌原创》2024 年第 7 期）

站　长

◎野重月

在月台，她决心回到

还没学会梳妆的时刻：大厦隐入深林

红艳的油漆倾覆铜版。脚下大一号的解放鞋

陷入水泥速朽后的土路中央；卷起裤腿

走过橘子、石榴和芭蕉构成的秋千在荡，

车轱辘在晚霞的温柔中烂醉了许多年

依然转着。终于

她要骑着那辆生锈的凤凰

咯吱咯吱地穿过八十年代春天的油菜地，

拨开黄鹂，曲径

和一株归巢的香樟。父亲眼看着拔地而起的广播站

还在吗？随墙面一寸寸坍塌的日子

仍握着红布包话筒，掌心微微出汗，

一字一顿送别的话语
到现在也没人听清

（原载《星星·诗歌原创》2024 年第 7 期）

挚　友

◎野重月

那年我们十岁，并坐在山岗。明月过肩，
你手中一根发条赎回了又典当去，湖水打湿
新买的旧陀螺，在石缝刻上二手的
球鞋脚印。命运被频频否认，谈起一切
将拥入怀的风流际遇，都是卷皱的教科书上
一页页翻来的光芒，如湘水淋漓掌心。
你迎风而立，誓不负此生：画沙而成的小小蓝图里
写满了太阳，山河，巨浪，直到那发条也开始抽着我们转动
到浩荡的珠江边，一条浩荡的流水线，瞬间
没过所有叹息和怀疑。原谅我同如蓬草的命，如今只记起
十岁那年，你轻挑剑眉，笑露虎齿，
拳头山岗般孤直。

（原载《星星·诗歌原创》2024 年第 7 期）

一列地铁从身体里驶出

◎崖丽娟

一列地铁从我身体里轰然
驶出。目送它疾速驶向辽阔
几个早已跃跃欲试的句子，跟着
绝尘而去。灵魂渴望欢畅地呼吸
忽略雷同的细节，耐心等待陌生化结果
安静的日子沉淀太多俗常安静
蜗居久矣，思维产生惯性
一字一句斟酌，反复推敲语法修辞
烈焰的逼问会不会暴露凌乱的逻辑
我们别太过苛责自由的羁绊
请允许灵魂暂时脱离肉身
如同地铁从身体里穿行而过

（原载《广西文学》2024 年第 5 期）

大雨只下在江的南面

◎颜梅玖

沿着江边奔跑

每次都要路过大片盛开的芦莉草，野蓟
旋覆花，百子莲和山桃草
如果不注意它们，顺着江水
我会跑得很远，甚至忘记返回
有一次，在三条江的汇聚处
我甚至迷了路
后来我发现，在无限中
是它们在提醒我
或者说，是它们在辽阔中给了我约束
当然，坠落的雨水也做过参照物
就像那个夜晚
我们分手以后
大街上空无一人
雨慢慢下起来
大雨只下在江的南面
大雨没有下在江的北面

（原载《作家》2024 年第 7 期）

听一首英文歌

◎颜梅玖

我迷恋上了一首很老的英文歌
歌词只有一个字：“啊”

但每个节拍的“啊”，发音都不同
像一段段不为人知的故事
又欢愉，又悲伤
不知为什么
我也开始“啊”个不停
从没有一首歌让我如此动心。一下午
我什么都不想干
就想抱着膝盖，坐在板凳上
一遍一遍地唱
我唱得次数越来越多
有时候声音很低很低
有时候声音很大很大，有时候
居然发不出一点声音
最厉害的时候，我惊动了窗外的鸟
它也“啊，啊，啊”
不要命地叫……

（原载《作家》2024 年第 7 期）

什么时候才能遇见你

◎燕　七

时间是一支箭
把我们从出生地

向死亡地射去

被抛到这个世界的孩子
无助地哭了
却被母亲温柔地接住

我们每个人都是一颗卫星
在自己的轨道运行
遇见你，实在太渺茫了

从外太空上看
我们都是漆黑的旅途中
火车上忽睡忽醒的人

（原载“一见之地”微信公众号 2024-06-07）

局 外 人

◎燕　七

坐在路边的槐树下
花朵簌簌坠落
芬芳的初夏
我是一个局外人

那些陌生人
在街上来来往往
看起来近在咫尺
相隔犹如天上的星辰

一个人呆着
远远看着自己
每颗心都是孤品
一不小心就会打碎

（原载“一见之地”微信公众号 2024-06-07）

夜 路

◎杨 荟

有时做想做的事
但更多时候做应该做的事
履行义务比自由更难

父亲，祈求您保佑我的孩子
让她在人世勇敢地有尊严地活下去
野心是一种美德
而我已无力荣耀我的祖先
每次吃力地竖起心中的铜像

又总在有雨的夜里轰然倒塌
——我开始相信眼泪

闪电撕开的伤口不见缝合
冷霜冻住的也不止是刀刃
这世上，有两种人被需要
站起来的，跪下去的

那些操纵死亡
并从死亡中获利的，身着战袍
像个英雄，而不知道征服了什么

父亲，夜路走了这么多年
我还是怕黑

（原载《诗刊》2024 年第 4 期）

发生在宋代的事情

◎杨　键

放寒假的时候，
我们坐两三个小时的轮船，
（那时候还有轮船）
来到舅舅家江中心的小岛，

江水退下去了，

我们在江边挖泥鳅，

一锹可以挖出好几条，

仿佛现在还在眼前摇头摆尾，

傍晚的时候，有牛角

冲着我们的肚子顶过来，

赶紧躲开来。

早上四点来钟的样子，

舅妈用柴火熬起白米粥，

我们都在梦中被那米香香醒了，

翻个身又睡着了。

这些事情现在想起来，

好像都是发生在宋代的事情了……

（原载《山花》2024年第6期）

墓　地

◎杨　键

墓上的草儿嫩，

有几只羊低垂着头，

从上午吃到暮色来临，

没有挪窝儿。

金黄的暮色为它们缝边，
那边儿毛茸茸的，
它们醉心在这金黄里，
还要在这里吃上一会儿。

那墓地里埋的是谁？
为何草儿这样嫩甜？
看着它们忘我地吃草，
不用去想它们的结局。

可是在过了许多天以后，
脑海里还是常常浮现，
它们文弱无声，
在金黄的暮色里吃草的样子。

（原载《山花》2024 年第 6 期）

月亮升起来了

◎杨　昭

天渐渐褪色，在一张旧照片里
你走在我前面，我努力辨别你的足音

后来你放慢了脚步，并转过身来

我们呵护着一个好不容易才找到的话题
像呵护容易熄灭的火苗
我们谈着虫鸣，谈着篝火
谈着故乡水果的甜
其实这些都不是我们想谈的

但我们的交谈使月亮升了起来

（原载《滇池》2024年第5期）

高　空

◎杨　子

这样的哀嗥我从未听过。
是风
在窗外
呜呜地叫。

像年迈的动物
在高空呜呜地叫。
这使我蓦地想到
眼前流逝的一切
都是有感情的，

即便只是一张没脸的，
孤单的，哀嚎的嘴巴。

这是北方，风在一个悲痛的容器里
呜呜地叫，
像祈年殿里溜出来的伤心的怪物。
这是兴高采烈的脑袋上
骑着一个呜呜叫的怪物的北方，
它在爱情、歌剧和深红的冰糖葫芦上
抹了一层哀恸的亡灵的色彩。

（原载《百花洲》2024 年第 4 期）

罗伯特·勃莱答友人问

◎杨　子

罗伯特·勃莱刚刚去世。去世前十天，老朋友去看他，问他是不是做了很多梦。勃莱说，没有。

你是否去过很多地方？
我去过繁华的都市
和荒无人烟的小镇。
你是否做过很多梦？
我没有做过很多梦。

你是否爱过很多人？
我爱过很多人，
他们大多不爱我。
你是否害怕死？
我不害怕我不了解的事情。

（原载《百花洲》2024 年第 4 期）

交河故城

◎杨犁民

回到故城，我迟到了三千年
前来迎接我的，是一条中央大道

骄阳似火，居民们刚刚还在街头攀谈
转眼却看不到一丝身影
仿佛消失在了时间，和尘土深处

官署的门开着，已找不到
西域都护府的具体位置，日头从上方投下阴影
不见了，看管金库的小吏

就连墓葬区，也找不到一块头盖骨
仿佛一朵干花，飘落千里沙漠之上

一座泥做的城，它并没有倾颓
而是刚刚建立——

我们的祖先，修好一座城池以后便忘记了
三千年后来此的我们，只好把它从心上扶起来

扶起一座令人疼痛的，美丽废墟

（原载《民族文学》2024 年第 5 期）

主　人

◎洋中冰

像呵护会走路的娃娃
在蜂飞蝶舞的草原

好几个羊群都归属他
羊是他的命

月亮矮星星低的地方
会给羔羊一只只洗澡

会跟野狼厮杀

一茬儿一茬儿白云胖了
一茬儿一茬儿白云壮了

歌声在云朵上飞

他手里是根鞭子
鞘里是剥皮的刀

（原载《浙江诗人》2023 年第 4 期）

新年的雪

◎夭　夭

零星几点，遮不住这苍绿，
和三三两两的行者。风吹着少年，
吹着他们还未来得及挥霍的青春。

没有炉火，相互依偎的人有时
聚拢，有时散去。

在秘密的阵地里，
我们谈论晨昏，谈论咽不下的苦果
和苦果里汹涌的事件。

穿过长街，我们没有回头，

没有看到雪变成水的样子。

（原载《安徽文学》2024 年第 6 期）

立　春

◎叶　开

青竹搭就的花架，

蔷薇在往上爬。

雨后的鸟鸣干净

清脆，像洗过一般。

我双目几乎失明

母亲坐在小院

的花台边，

摸一下梅枝，

又嗅一嗅四季桂。

这是她劳苦一辈子后，

生活给予她的奖赏

——内心的宁静，富足。

我从屋内望着她，

突然涌上来

一种难言的恩情。

天空如碧，
请温暖阳光多照耀她。

（原载“送信的人走了”微信公众号 2024-08-09）

我 们

◎叶燕兰

有时，我们闯进街边一家小店
买下一捧开得旁若无人的花
尔后，花更多的时间寻找
一只与之匹配的花瓶

有时，我们也一眼相中橱窗里一只安静的瓶子
久久不肯离去，各自暗想
该插入什么才不辜负这季节

更多的时候，我们仅是走着，逛着
像未满的恋人，像父女，更像是两个慢慢靠近的
陌生人，偶尔停下脚步，细细看着
买或不买，都不讨价还价也不耿耿于怀

街道宽阔漫长，如逝去和正在走来的岁月
我们闲散地走着，仿佛什么也带不走什么也留不下

（原载《飞天》2024 年第 6 期）

雾

◎一　行

如此多的雾气笼罩着我的童年，
阻止我向更深、更暗处窥探。
有时，也会有一道强光
劈开一块清晰的记忆剖面：
比如某次河边奔跑，身后
是一群深色马蜂，紧跟我
像乌云紧跟一棵移动的树。
落在肩头的灰尘有枯叶气味，
风一吹就散了。被鹅卵石绊倒，
然后爬起，面前的景象
突然置换为一片白茫茫雪地。
花衣裳女疯子取代了马蜂
在身后追赶，妖艳红唇的嘴里
还嚼着石子般硌牙的含混咒语。
雾气从上方，从我无法
看清的天空涌来，碰到额头时
变成记忆碎片般的雪，将冬日寒风
与夏日河滩边的暖风重叠。
我没有再次摔倒，沿那片雪地
一直奔向无限幽深的现在。

此刻，我凝视着自己
无法呼救的童年，那无从
逾越的疯狂和恐惧，像一团浓雾
永不被强光驱散。

（原载《滇池》2024年第5期）

一大堆坟

◎亦　村

四爷的坟头
几十根丧棒上贴的纸还没有
被雨淋
三爷的坟边
多了几只羊的蹄印
和粪球
而比我小的育新的坟头
有摔碎的碗裸露着的
锋利的刃
我坐在
他们还没有长草的坟边
风从东头荒地吹来
吹在丧棒上
吹在我身上

一直空洞地响着

（原载《草堂》2024 年第 6 期）

我尽量不悲伤

◎亦　村

日头又上来了
我可以拖着残躯在山里逛逛
不用谁指引
我也知道
那一边的草坡上麻黄非常多
它们挂着猩红的果儿
有一片好看的簪簪花
在泉滩旁，让你停留欢喜
而蚂蚱叫得最响亮的地方
是我们家的祖坟旁
它们一齐欢唱流年盛夏
坟地边的那棵梧桐，不知还在听吗
而现在，荒凉的山中
除了日光耀眼
除了干枯的枝条上挂着一些干瘪的杏子
什么都没有
但我在寒冬中，就是想在山中走一走

止不住地走一走

（原载《草堂》2024 年第 6 期）

周末聚餐

◎荫丽娟

菜还没有上齐
时间就不住脚往回赶。
座位上的人，比时间还心急
赶回去，为见想见的人
赶回去一个坍塌的大杂院，慢慢围拢起来。

所有的故事都像屋顶荒草正在返青
摇晃出，熟知又陌生的面孔。
而记忆最清亮的部分
是我们用寡淡日子，建设好里院和外院
就可以抬头不见，低头见。
那时，时间是一张超大的饼
腻在一起时
总感觉，吃也吃不完。

那时，命运还没有来敲门
我们的穿着一样，走出来

又走进去的

在连环画黑白剧情里无知地生活

善良与丑陋都还插着一道门闩。

（原载《五台山》2024 年第 3 期）

洱海安静得如一个人想要忘记什么

◎殷龙龙

一个人想忘记什么

到洱海来

一个人在以后的岁月里

想忘记什么，可能要爬上苍山

下山时忘了耳鸣，我们谈笑的声音

很远，似乎从背后传来

忘了挡在面前的

瘦竹和铁门

索性躺下，伸出这洲、这水

一片青草磨出慢性子

让我们的腿脚延长到深秋

洼地、破船

火烧云

在以后的岁月里
我们逐渐忘记机场的等待
忘记玉溪、元江、大理
忘记九龙池、隧道、红河、白鹭、峨山
忘记彝人的歌、云枫的画、毕摩的经卷、李青的琴音
那片闪光中
还有什么起伏的东西留下来
成为生命和易逝的风，绵绵不绝呢

（原载《草堂》2024 年第 6 期）

两只船

◎尤克利

想起小时候穿过的一双鞋子
那是母亲在油灯下亲手给我做的
千层底上，密密麻麻的针脚
像鸡啄出的米粒
穿上它，就能躲避地上的针刺、蒺藜
就能平坦地度光阴

那是两只船
穿行在无边无际的少年隧道
载着我去拾柴禾，采茵陈

挖香附和半夏
去酒味十足的门市部打酱油
去小学校上课
去赶集

去往青年和中年的途中
它们始终指向前方，两只船
在地平线以外
在我举手投足的刹那间，在怀想里
有了漂洋过海的感觉

（原载《作品》2024 年第 5 期）

标　记

◎于成大

我注意到一片树林当中的一棵树
树干被涂了一道蓝色的油漆
它因此有别于其他的树

年代久远，漆已经褪色、斑驳
仿佛少年的蓝历经沧桑

一棵被标记的树到底意味着什么

它被油漆从众多的树木中拉了出来
被关注、区分、铭记

一个人被另一个人从茫茫人海中
拉出来
她因此被标记，并有别于其他的人
被赋予美好、光芒及深情

（原载《当代人》2024 年第 6 期）

空　旷

◎于成大

大地收起棱角，放纵四野
多么开阔！高地浑圆、一望无际
桦树栎树一字排开，并不拘谨
它们放松下来

月光一夜千里，缺乏起伏与褶皱
鸟鸣不允许一个夜晚过于空旷
轻微的林涛一时半会儿找不到岸
偶有悲伤与愉悦荡开河流

因为空旷

我的内心长久地停留一个人

（原载《当代人》2024年第6期）

陀　螺

◎余　从

我还在原地打转
被一只鞭子不停抽打

这样的旋转
让我有了眩晕的感觉

我并不想停下来
我已经习惯鞭子的抽打

鞭子越欢快
我就转动得越刺激

瞧瞧，正是轻贱的命
让我有了立足之地

（原载“给木偶哈口仙气”微信公众号2024-07-17）

离别的场景

◎玉 珍

这是个全新的日子
田野潮湿地沉默着
人们悉数往外出走
节日已结束了
离别的场景布满清晨的空气
路也在一夜间成为送别的名词
车携带着家的味道驶离大路
成为远去的黑点
雾到了后半天才
逐渐消散
但别的雾弥漫开来
遮蔽了回望的眼角
他们回来时有多喜悦现在就有多惆怅
连说个再见都不要必须在心口说着硬邦邦的话
我们还是要回来的
这永是我们的家吗？
离去的几乎再不会掉头
雾色茫茫地挺立
雾色正是这世界的颜色

（原载《长江文艺》2024 年第 7 期）

末写的诗

◎袁永苹

整个一天我都在渴望一首诗。
那是一首写秋日、春日……或者任何季节的诗。
它当中拥有闪光的日头，小鱼一样游来游去的树叶，
有干净整洁光滑的马匹，有带着灰尘软绵绵的羊群，
甚至还有一种神性，毫无预兆地轻轻划过……
我一整天都在渴望着这样一首诗从我的胸膛中涌出，
当我修剪托马斯，我是说当我修剪他诗的枝枝杈杈，
我总是怀着一个小心思：去修我自己的篱笆！
在我的篱笆里，我用干净的水流喂养我的羊群，
我欢快地走在旷野里，我爱着的一切。

（原载《长江文艺》2024 年第 5 期）

火 柴 盒

◎岳琴阁

我的所爱不多，火柴盒是其中一个

1995 年，祖母去世，我痛哭：一根火柴燃尽了

再不能带来看得见、摸得着的温暖
这么多年，我沉默，羞怯如一截冰凉的小木棍
即使爱着也绝不轻易把自己点燃

只在寂静无眠的夜里，才敢亮出心事——
火柴盒是多么小的
一个抽屉，在打开它之前
我重新调整好呼吸和心跳，并拂去，上面的灰

（原载“长安诗卷”微信公众号 2024-08-12）

献给母亲

◎沾　衣

立秋过后，母亲的眼睑又下垂了一点
恰到好处的弧度，像所有果实的成熟

总是心怀羞愧，在粗粝的食物中
她越来越发福了，父亲越来越瘦

她的时间关在密不透风的房屋
额头堆积皱纹也沁出浑浊的珍珠

等待和送别的间隙越来越逼仄了

这么多年，她已娴熟于眺望的艺术

临行之际，我摊开箱子，她摆出
才收的粮、刚磨的油、新摘的瓜

母亲啊，垂手而立，满脸红窘
如同一个拙劣的献宝者，再也
捧不出从前乳汁样的丰盛

（原载“槿树下”微信公众号 2024-07-28）

点滴或别的

◎张 楠

通过了它流动，我恍若被春水惊醒
疼过的时辰也到了春天
没落过的白昼也到了春天
一个月的沉默
是左边的膝盖与世界保持着警惕的距离
借用五只鸽子的翅膀，我的心已飞出很远
在悲伤和欢歌之中
我会忘记我是一只鸽子还是一个我
虚无往返于我的孤寂
时间之中的骨骼加持着我的爱

冰冷的雪剩下的在春天消解
如果春风吹来，我也会忘记冬天发生的一切
忘记石膏、纱布，和那痛觉的神经
仿佛它取悦了我所有的遭遇
我学着感念，像用左边膝盖重新认识什么
比如春天的树和叶子
比如花朵深藏的嗅觉
比如一只蝴蝶倾斜的视线
比如通向幽寂的花园像光阴的庞大
我在缓慢中获取着微微的光
像礼物又像果实

（原载《北方文学》2024 年第 6 期）

午后读雪

◎张　静

午后读雪，读山河上下漫卷的苍茫，
读一首离别赋中无瑕的悲伤。
读辽阔的国度，国度里的省份，省份里的县城，
县城里我寄身的小镇，街道，店铺，站台，一条古运河，
她贯穿时空，仍像一位年迈的祖母，爱着这片土地。
读一棵广玉兰，它裸露的骨节上
一瓣瓣薄而颤栗的灵魂。

读孩子们欢快的声音，
他们打雪仗，滚雪球，捏造那个不存在的人。
读一只猫的脚印诗行一样幻灭在花园的尽头。
读一只鸟雀迫切的饥饿。
读病入膏肓的挖掘机颓废地瘫在路边。
读白雪的敷料一夜间包扎完所有的伤口。
读天地间的大寂静大孤独大空茫。
那些垂直消失的万物，
那些斜坡，台阶，镇石，旷野，草木，生灵，
昨天还万死不辞地挂在视觉，今天统统不见了。

（原载“天天诗历”微信公众号 2024-07-10）

他羞愧于被我看见

◎张敏华

狂风暴雨让树上的银杏果
过早地坠落。

青黄色，湿漉漉的
果皮隐伏着怎样的悲悯？

父亲还活着的时候，
他都会去树下捡银杏果。

树枝上的雨水落在他身上，
他羞愧于被我看见。

寒露将至，我捡起银杏果
将它们埋在土里。

（原载《万松浦》2024 年第 3 期）

晚　春

◎张作梗

那在树荫花影里趋前赶来的
是医生还是死神？
——缠绵病榻的春天还有救吗？

“强弩之末。”初夏说
春天的妃子、宠臣，以及大量高利贷者、
守财奴、食利者、慈善人士……
仓促有如翻动枝叶的风
搜寻着最嫩的幼果和
最后的芳香，随时准备走人

春天的行宫，繁茂难掩衰败

曾经的赞颂变成了诅咒和诋毁
再不见月上柳梢头；碎玻璃上绘出的
尽是劳燕分飞。一个废墟
从万物身上生长出来
像一个新鲜的悲悼

然而，仍有未开透的晚饭花，拽住春光
拼却全力吐出最后的艳丽
门缝里，篝火的
余焰中有猫在叫春

衰残的春天藉此或许会得到宽慰——
一个季令的退潮，浩浩荡荡
它留下的，绝不是
一贫如洗的沙滩。

（原载《文学港》2024 年第 5 期）

姐妹俩和山羊母子

◎张映姝

四只山羊，两对母子
母羊沉静，小羊咩咩

十四岁的姐姐，默默地，握着牵母羊的绳子

六岁的妹妹，蹲着，和小羊说着话

一句随意而合乎情理的问话
一块坠入水面的巨石

四只羊，一千六
要一起买。急切的一句，不可言说的心思

姐姐的手，一下握紧了绳子
妹妹抬起的蓝眼睛，泪珠摇摇欲坠

我制造了一场风暴
之前，她们已经经历了多少场

这一天，她们都在风口浪尖上
风暴的中心，两对山羊母子安然

（原载“诗探索”微信公众号 2024-06-01）

一截木头

◎张广超

当年参军，父亲赠我半截木头
我把它一直藏在暗柜里

秋风吹了一遍又一遍
炊烟老了，鸟鸣老了
老牛也不知道去了哪里

无数个黄昏
一截木头代替父亲站在原来的位置
它的背后，是不敢荒芜的田野

而另一截，就像它的影子
留在了他乡，它会在梦的操场上
响起骨骼的爆鸣
并散发出呛人的木香

（原载《上海诗人》2024 年第 3 期）

灯　光

◎张进步

再次深夜归来
城市的道路在蓝烟中
路灯和其他所有的灯
从夹道的树木间露出金光
这是人们饲养的星群

我贪婪地深吸了一口气
在人类的造物中，大多数
都有规则的形状
比如道路，比如那些屋脊
但这些光没有，仿佛
从不曾被驯服

（原载《诗刊》2024年第5期）

为冬天准备好荒原

◎赵亚东

如果牙齿背叛了舌头，在一场大雪中
我们该相信谁？为迷路准备好永无尽头的荒原
为灰烬准备好柴草。眼睛的深渊
雪将永远不能填满。我们没有准备好爱情
就生下了冬的孩子，他正用睫毛上的冰山
修补我们的额头。乌鸦停止了朗诵
而关于我们的传说还在继续。谁会毫无保留地
为我们做证。雪最终可以辨认我的样子
作为一根芦苇，我已满头白发，不再会是
敌人，只能和其他的芦苇簇拥在一起
连绵的雪山倾泻而下，我们还没有倒下去
月光的碎片种在骨头里。

（原载《诗林》2024年第4期）

被淹没的影子

◎赵亚东

这条河流养活着
世世代代的乡下人
也养活那些短命的牲口
岸上的稗草、树木和虫蚁
每当我去河中提水
身子半跪在岸上
把白铁皮打制的水桶
使劲儿地按进水中
都会听见不安的响动
那声音就像一个年迈的老人
喉咙里发出咕噜声
我在忐忑中逃离
手里拎着小半桶
冰凉的河水，和月亮的碎片
口中再也念不出
我单薄的身影
早已经淹没在流水中

（原载《飞天》2024 年第 7 期）

故乡谣

◎赵永娟

要风声跑很久才能碰壁
要旷野中猛兽横行鸟雀当空
要一个人走着走着，就有炊烟领他回家
要沙枣树上挂满红灯笼，树下一群小娃娃
要一个母亲系着花围裙，锅里下着面片子
……

要在春天这张纸上
使尽全身力气画故乡。到最后
只修改我
只涂抹我
只擦去我

（原载《飞天》2024 年第 7 期）

夕阳下的公交车

◎震　杳

夕阳下，老式公交车像烘焙好的长面包

缓缓停靠路旁，连落日也为之顿了一顿。
车门“呲”的一声打开
鱼贯走下一群疲惫者：
顶着安全帽的，将脏衣服搭在肩上的
满脸油污的，这些刚与机器搏斗过的人
步子缓慢将支撑住涣散的身子。
早已等在路旁的孩子们
丝毫没有嫌弃，没有迟疑，大声
喊着“爸爸”全跑了过去
在人群中寻找自己的父亲。
我也找到了我的父亲，他走在两个人身后
提着白色安全帽，身上有一股机油味
脏污的衣服与手掌，令我们无法相拥
一个大人领着一个孩子，在黄昏橘色的光中
散向楼群。而楼群的窗口亮满了灯
家里的女人正把晚餐摆上桌子。
这一次公交车误了点，我等了几年
它也未能把我的父亲送回来。我们的。

（原载《草堂》2024年第7期）

栅栏

◎郑　春

栅栏里的

菜蔬、果树和时花
各安一处
都经过精心的侍弄
端整如修饰过的辞章
它们的美和我的欢愉一样
其真实性始终存疑
我在栅栏边听到
向内和向外吹的风
发出的都是呜咽之声
栅栏外野草汹涌
一直奔向看不见的天尽头
从来都没人会理解
为什么它们延伸得越是辽远
我的悲伤就越是
广阔无边

（原载《当代人》2024 年第 7 期）

桃　子

◎郑　春

不是树上的最后一只
又怎会体会，什么
是真正的孤独。悬而不落

本就让一只果子脸红
熟到腐烂，就显得更加无耻
如今回忆的蒂把儿
还揪着枝条不放
可终究抵不住风吹——
那些繁花、春雨、蜂蝶的
幻影，终将消散在风里
只余下一枚缄口的核
也必将跌落于沉默的泥土
谁知道这无用之物，曾是
花的一部分，还是果的一部分
谁又知道这坚硬之物
将是死的一部分
还是生的一部分

（原载《当代人》2024 年第 7 期）

糖

◎郑　春

流鼻涕的小男孩
伸出一只拳头说：给
他打开手掌，露出一个甜的世界
多么小的一块

世界啊，却那么值得品咂
我再也见不到他了
永逝令人揪心，而怀念
保留着最美的滋味
多年后一个女孩站在我面前
脸颊绯红，双手背在身后
她一个字也没说
而我确定她能给我什么
包裹着我们的，是多么小的一块
余生啊，却足够了
足够我用苦涩的舌头
慢慢舔舐，回味，慢慢化掉

（原载《当代人》2024 年第 7 期）

柔　软

◎钟想想

它漫过我们
在水边，没有一样事物是需要用力的
包括风，天空和思想
包括我和你
再也不会有，比这更柔软的眼神
当一片心形的乌桕叶轻轻飘向水面

那些洒落的光芒，混在河水慈祥的气息里
心电图般涌过来
在秋日下午的水边
我只做了一件事：在你的肩头沉睡
在溪流和故乡之间
像故事里受伤的美人鱼，游回水里
并重新爱上，有你的人间

（原载《星星·诗歌原创》2024年第4期）

天空总给我安慰

◎周　簌

倘若每一天是同一天，且我们存在
交流着虚无世间，并不新鲜的事物
霞光流动如色彩之炫，或是山岚
静静、幽僻，如一座哥特式古堡

或是金朱色的果实垂挂
所有的雾岚，涂抹墙体
我们安静居住
形体日渐枯槁，怀着一种巨大的迷雾
如同天边的流光替我们说出所有

群山的阴影，沉睡在黄昏的庄重里
那遥远闪光的部分，在天空的边缘
略显局促。如果灵魂与时间共存
陈旧的月光
依旧会照耀一百年后的我

那片梦幻的岛屿，灰蓝，叠加苍黄
像一只暮鸟悬停，然后快速穿透云层
每当我凝视黄昏，天空总给我安慰
我像迷恋深渊一样，迷恋天空

（原载《人民文学》2024 年第 5 期）

从风滚草开始

◎周文婷

我可以从风滚草开始
重新找到你，找到风的那顶失踪的帐篷
我替你在眼睛里缝补的星空
现在用旧了没有
风滚草长了这么多年
脾气也像炒瓜子一样被炒熟了以后
终于长满了那条石油路
它从来不勉强自己孤独

孤独就被我捡走打包快递给了你

它不需要那么多爱情留住它
不需要孤冷的生性抵抗手里的扳手
我本有一百万个理由让你爱我
可是，我口渴了……体力不支
绝望打着滚长大，终于长成了
我们之间的肉中刺，拔掉后
穿过风滚草的胸膛，看着天涯
收留那些大得过寂静的事物

（原载《湖南文学》2024年第5期）

山茶恋人

◎周幼安

要开花就开在
他回家的必经之路上。
总有少女这样盛待她的情人。

也许因为热恋期的冲动
需要调色盘，重建红肥绿瘦的秩序，
她的欲望从含苞时就很饱满。

像一个清醒的施暴者。
用决绝，伤害着语气温和的春天：
“不要软弱地哭泣，患得患失”

不要去犹豫那些庭院幽深的爱。
她多么努力地脱颖而出，甚至提前经受了
垂死的劫难。为此刻回到他面前。

（原载《星星·诗歌原创》2024 年第 5 期）

一根木头滑过我们头顶

◎子　溪

想起那年伐木，一根木头
滑过我们头顶，坠入谷底的声音
至今沉闷在时光深处
后来，我们走出林子
那根木头的影子一直拖在身后
每走一步，就有一声巨响
击垮我们渐渐弯下的腰身
有时候觉得，我们
就是一根木头，在冬天
可以燃烧，可以取暖
宛如群山之巅，唯一可见的太阳

滑过我们头顶，只在瞬间
就听到它落在林子里的响声
欣慰的是，那一刻
我们遭遇的那根木头
和我们的命运休戚相关
当它滑下山谷时
就像完成了一次华丽的转身

（原载《诗刊》2024 年第 7 期）

新诗选 2024

冬卷

陈 亮◎主编

《诗探索》编委会◎编

中国言实出版社

图书在版编目（CIP）数据

新诗选 . 2024 年 : 春卷、夏卷、秋卷、冬卷 /《诗探索》编委会编 ; 陈亮主编 . -- 北京 : 中国言实出版社 , 2025.3.--ISBN 978-7-5171-5076-3

Ⅰ. 227

中国国家版本馆 CIP 数据核字第 2025GE2773 号

新诗选 . 2024 . 冬卷

责任编辑：王蕙子
责任校对：代青霞

出版发行：中国言实出版社
地　址：北京市朝阳区北苑路 180 号加利大厦 5 号楼 105 室
邮　编：100101
编辑部：北京市海淀区花园北路 35 号院 9 号楼 302 室
邮　编：100083
电　话：010-64924853（总编室）　010-64924716（发行部）
网　址：www.zgyscbs.cn　电子邮箱：zgyscbs@263.net

经　销：新华书店
印　刷：北京铭传印刷有限公司
版　次：2025 年 3 月第 1 版　2025 年 3 月第 1 次印刷
规　格：787 毫米 ×1092 毫米　1/16　59.25 印张
字　数：680 千字

定　价：240.00 元（全四册）
书　号：ISBN 978-7-5171-5076-3

本书为首都师范大学中国诗歌研究中心规划项目成果

编　　选：《诗探索》编辑委员会

顾　　问：谢　冕

名誉主编：林　莽

主　　编：陈　亮

编　　委：谢　冕　　林　莽　　李掖平　　李　怡
刘福春　　冯国荣　　陈　亮

学术支持：中国当代文学研究会
四川大学中国诗歌研究院

目　录

（以作者姓名首字拼音为序）

C

D

J

K

L

M

S

T

W

X

Y

新诗选 2024 冬

Z

古琴

◎阿 天

听着琴声落下
弦与弦之间的拨动
牵引着一个异乡人
他在结束一天疲惫的工作后
在琴声中寻得片刻安静
故乡的山林与清泉在此刻得以复原
在燥热的傍晚
琴声成为通往幽深的唯一想象
孤独的城堡里语言日复一日地衰老
我们的河水迟缓，草原笨拙
楼宇间的夜空正在被琴声缓缓擦亮

（原载《飞天》2024 年第 10 期）

黑陶罐

◎阿　信

你在抟弄黑色黏土眼眸深处
一簇火苗燃烧
一只长颈黑陶罐在你身体中慢慢成形
我喂给你水喝同时也需要从你的民歌中汲取
从雪中汲取从暴雨中汲取从颤抖的叶茎和含毒的唇舌间汲取
而你在抟弄黑色黏土双手插入黑暗
试图从那里取出一只受难的黑陶罐

我从你眼眸深处的火焰中读出绝望和焦渴
我喂给你水喝用这古老又新鲜的
器皿

（原载“诗人类”微信公众号 2024-09-08）

夜宿桥头村

◎阿　信

窗外的柿子树梢蝉鸣急促。
一根线被扯直，但还未绷断。

河流在峡谷底部奔突，从两侧陡坡
滚落的巨石，带动沿途更多的沙石。
葡萄园几近荒芜，杂草没膝。
乡村记忆博物馆，油漆剥落，无人问津。
天很早就黑了。村庄
一片死寂。只有
老人和年幼的孩子在留守。
我在天黑之前拜访了一位老友的父母
两个山核桃一样苍老的人，
佝偻着身子，
在昏暗灯光下，从一大桶葡萄中榨汁。

（原载《草堂》2024年第8期）

昼·夜

◎阿　信

荒野上，
跛足的牧羊犬在独自踯躅。
白昼遗落的牛粪，隐没于枯草间。
溪谷底部，一条泛白的冰河，死蛇一样……

但那只牧羊犬突然驻足，突然
变得清亮的眼睛里，暴露一座钻石矿脉。

隐没于枯草间的牛粪，瞬间被点燃
一块块发出荧光的燧石，散布在荒野上。
谷底的冰蛇复活了，
它游走、滑行，摩擦出串串火星……

我目睹了世界在这一刻发生的一切：
荒野向夜空持续喷射星群。

（原载《诗刊》2024 年第 8 期）

山　高

◎阿　门

下午爬杜鹃山。其实也没爬
车至半山腰，一禅寺半开半闭
二月的林间，鸟鸣和败叶
屈从于山顶残雪，将变未变

敞开衣服，边走边聊
转弯处小憩、喊山，喊半生苟活啦
喊出一阵春雷。回声此起彼伏
如道场，一甲子后，不慌不忙

冷风拂耳，落日下山

返回闹市的目光，没有迷茫
碰到茶喝茶，遇到饭吃饭
遇到相好就山高水长，自娱自乐

（原载《中国作家》2024 年第 11 期）

“看到你就有种莫名的忧伤”

◎阿牛静木

说点什么呢：当我们这样紧挨地
坐在一起。在海河边，安静地
看着往来的人群，水里冒出的
鱼泡……我们再也不像第一次
见面那般羞涩，也不再像热恋中
的小情人互相矫情。而是似乎变得
更加地从容了。是的，AR。我们
的话越来越少了。就像生活
中有些突如其来的伤口，我们再也
不会轻易示人。而我们说点什么呢
在这个傍晚。在人群中我们显得
有点孤独。你说：看到我就有一种
莫名的忧伤。好吧，人生苦短，
那就谈点家长里短吧。我的母亲，
也就是我们的母亲，她快要 63 了……

还有你的朋友，我的朋友。谈完
他们，我们就伴着暮色相拥回家

（原载“彝青诗社”〈已更名“蓝河 POEM”〉微信公众号 2024-09-03）

椿　木

◎阿炉·芦根

架房立屋，搭建羊圈和牛棚。
打制家具农具。
取火烧煮，积灰为肥——
像一种消闲或冒险：
仍然全是这种椿木，仍然又多又廉。
你似乎没有想过要成为罕物。

她侧抱椿木树枝。
推开一声晨晖的“吱吱”。
她背着轻巧的晕，或光的轮廓；
树枝也是。

从此刻起，她是很多个她。
厨房、打柴沟、菜园、荞麦地、牧场、
枕边、眼里和心里；
挤羊奶、洗衣、投喂、织布——

很多个她分别在每个地方。

这使他感到有趣味。
他试图抽去任何一个地方的她，
他首先抽去了一个地方的她，试了试——

（原载《诗刊》2024 年第 10 期）

因为落花

◎艾　飞

风吹落了樱花，而我们在落花里开放
笑声是花开的一种，牵手走过树下
是花开的另一种。多么美好啊，在那样的傍晚
我们没有因为一棵树的颓败而伤心难过
我们因为落在头发上的那片花瓣
紧紧拥抱在了一起

（原载《中国校园文学·青年号》2024 年第 10 期）

赞　美

◎艾　飞

在赞美一朵花的同时，不要忘了赞美

一条河
它那么明快，镜子一样。把天上的云朵
空中的飞鸟、地上的柳树
都装在了自己的内心。即便如此拥挤了
它还要收留无家可归的水鸭、蜻蜓和
杂乱的蛙声
它多么慈悲，当我们走近
她又以一个母亲的目光
端详了我们

（原载《中国校园文学·青年号》2024 年第 10 期）

两只土洞

◎八　零

那年父亲带我去种树。
挖好坑天色已晚雨水将至，
我们只好丢下它们走回村庄去；

将树根装进土洞，新的一天重新开始
哦，如今一想起那个早晨我就欢喜——
多年来，我的父亲从未为我
创造一个稍新一点儿的世界
只是在那个早晨带我围着那些

灌满黑夜和雨水的土洞转了一圈又一圈
哦，那些了不起的朝霞下
镶着一层金边的土洞啊——
其中一对至今仍留在我的眼窝里
整个世界种植其中……

（原载“太白诗刊”微信公众号 2024-08-30）

海　妖

◎白　玛

我爬墙，飞跑，约会海妖
我目中无人，把友情抛下，去约会海妖

她的蜡制的蜂鸟的嘴，模仿花椰菜的笑
风暴中心的甜蜜气息。她令我陶醉，这颗少年心！

即使绿袍子的厨娘的管束
即使镇长家长虎牙的次女

（我小喘，停下，对大海说点什么对大海说点什么？
说说沉沦、妄想、我的她？）

细碎的话语和脚步，听呵

无法偷窥的海上私情，听呵

如果潮水温柔地退下，光阴不值一个钱
如果该沉睡的渔人他醒了，他惊觉这一切

我的海妖，用猩红的嘴儿唱无词之歌
她走过拦海大堤，比午夜的水鸟更冷静

（原载“苏北文学”〈已更名作家文萃〉微信公众号 2024-10-19）

羞　愧

——为一个朋友而作

◎柏　桦

怎么可能想到有一天
我会在风景中和你谈起我的童年
是一阵内心涌起的音乐
（怎样的神秘的音乐啊！）
还是什么别的说不清楚的东西
我回忆起了我的小学
好多故事呀，但我并不想谈故事

我只想说在同学们面前
我为什么会感到羞愧

这是个秘密——我失去了父亲
（我从来没有告诉任何人）
但同学们怎么知道的呢？
我又怎么会为此而羞愧呢？
羞愧给我带来了什么呢——痛苦！

如果我可以重新诞生
如果父亲可以一直活着
那样，我就不会有痛苦了吗？
“痛苦是诞生的代价”（没人可以逃脱）
是的，爸爸，四十年后
我好像才理解了我的痛苦
以及我羞愧中的矜持与温柔

（原载“一见之地”微信公众号 2024-09-20）

长安雪

◎薄　暮

先生，长安落雪了。那么多人
地上一片泥泞。雪片很大
连快乐都在虚张声势

人们披着黄金般的灯光

簇拥着傍晚，浩荡走过长街
我总会想起红泥火炉

十指在温暖中不停抓握
人生还是那么容易走漏
与自己相向而坐，沉默深于子夜

张望之际，雪住了
风在身后游走，听见了吗

这么多年，长安愈加庞大
与我相互蚕食
已没有什么冰冷与坚硬可言

冬天就这样回来了吗
所有归来，都是温暖而沉默的吧
像红泥火炉那样，像一杯酒那样

（原载《延河》2024 年第 9 期）

张怀民手记

◎薄　暮

昨日雨水，今天又落雪了

先生，我们在承天寺的脚印

一再被覆盖

半生都听见

春风在湖的另一面踌躇、游走

这个渡口，常常需要一场雪

复原当初的月色

那晚我们聊得万紫千红

天空下两个闲人，灰白长袍

把天下一遍遍放在怀里

温暖，滋养，星光平静地发芽

如今，独坐初春，看漫天飞雪

听雷声滚滚

该怎样向你描述凛冬

突然回头的凌厉呢

究竟是什么在头顶久久盘旋

唤醒心底的冰雕

竹柏之影穿胸而出

“庭下如积水空明”，先生

空与明都不在今天的雪中

（原载《延河》2024年第9期）

燕山祈祷书

◎北　野

在燕山北坡，我搭了
一个灶台，神呵，听你的话
我煮饭喂给父母

在燕山南坡，我搭了
一个灶台，神呵，听你的话
我煮饭喂养儿女

在燕山西坡，我搭了
一个灶台，神呵，听你的话
我煮饭喂饱身体里的沼泽

燕山的神呵，求求你，等我们
活过一万年，再让你的海水
从东面漫过来

（原载“诗探索”微信公众号 2024-10-02）

我 希 望

◎北　野

我希望有个男人，坐在月光下
静静地陪我喝杯酒
一个愁肠百结的男人，一个
命如游丝的男人
我们四目相对，流泪，一言不发
但我们理解了泪水的意义

我希望有个女人，站在路口
白发缤纷，双手颤抖。但她的眼睛
格外有神，当她看见我的时候
她哭着，喊出我的乳名

我希望有个怀抱，能紧紧地
抱住我，让我哭一哭
这个怀抱，是我最后的坟墓
这个坟墓是母亲
留给一个孤儿唯一的陷阱
它装着我的破碎，泪水
和一生的疼痛

（原载“诗探索”微信公众号 2024-10-02）

天山上

◎笨　水

天山上，每棵塔松都有一座庙
我一无所有

我不会比石头爱思考
也不比蚂蚁有见识
深涧生兰草，我不会比它蓝

乌鸦停在枯树上，我不会
比它更优雅
它上通天文，下知地理
黑得如同一盏，熄灭的灯

天山
不需要灯来照亮

松树站累了，倒下去
马老了，也会倒下
烂成一块草地

哈萨克女人蹲在溪边，洗菜，洗衣裳

男人跟着他的羊，爬上山顶
那里只有石子和雪

（原载“诗探索”微信公众号 2024-10-03）

羊　碑

◎笨　水

汽车行驶在路上，转动群山
羊群出现在左面山坡，一会又
出现在右面山坡
有一回，妻子把坟地上的墓碑
看成了羊群
之后的路上，我尝试把山坡上的每一只羊
都认作墓碑
要怎样让羊站立得跟石碑一样长久
除非一只羊老去
另一只羊来接替它，站立
要怎样让羊
跟石碑一样，一动不动
除非我们的坟头上，长满青草，野花烂漫，足够
喂养一只又一只羊
足够，敬献
要怎样，记住那些逝去的人

除非羊
也拥有逝者的名字

要怎样把墓碑养成一只羊啊
我已年年
将一把香草，放在碑石上

（原载“诗探索”微信公众号 2024-10-03）

亚心石狮

◎笨　水

中心，没有银行、陵墓、宫殿、孔型石拱桥
狮子从哪里来
这只微笑的狮子，露出微笑而节食的牙齿
被游客们抚摸得发亮。这只骄傲的狮子
脸朝向一侧，从不配合拍照的人
它凝视着时间，时间就凝固
它倾听寂静，万物都不发出声音
它有些寂寞，孤单，无聊，卧在那
像刚刚散步回来
它搅动过的荒凉，又重建了荒凉
孤独地站在大陆中心，哪怕咳嗽一声
都传得很远，可能惊动非洲草原和站在恒河岸上的狮子

它是荒凉之王，关节经常发出巨石开裂的声音
它是自己的王，没有桂冠
与人神鬼，共享天空
神庙，群星璀璨，又常常漏雨，打湿石头上的牧羊人
也打湿雄狮的身体
除了风，还有谁，能擦干它的脸
石匠老去，在万丈光芒中，雕刻狮子的灵魂

（原载“诗探索”微信公众号 2024-10-03）

女知青

◎宾　歌

1976 年农历小年那天
生产队杀了一头猪
地点就在女知青的住房边
也就是猪栏隔壁
每户抓阄分一块肉
猪头给了队长
人们散去的时候
女知青在一堆猪屎里
捡到一截肠子

她是大城市来的

她没攒够分肉的工分
她把这截肠子在柴火上烤熟
她又记起了香肠的味道
那是她在知青点过的最后一个小年
后来，没人知道她的去向

她的红纱巾还挂在猪栏边

（原载“诗同仁”微信公众号 2024-09-09）

一个人牵着他的梦走在大街上

◎巴音博罗

一个人牵着他的梦走在大街上
仿佛牵着一个气球
一个人，一个说不清性别
与年龄的人，缓缓地
走在熙熙攘攘的人流中。他的手
微微扬起，手中若有若无地
握着一根细绳，而他的梦
就在他头顶的斜上方
起起伏伏，仿佛一朵云
梦会飞走吗？会随着风飞到空中
破碎吗？抑或，它会始终陪伴着他

影子一般，亦步亦趋地相随相跟……

就这样，在一个百无聊赖的下午
当我睡过午觉起身之际，我看见大街上
一个人缓慢地行走着，牵着他的梦
走在光天化日之下，成为我看见的
又一个无比真实的风景！

（原载《红豆》2024年第9期）

泥　塑

◎陈　恳

它在她掌心里旋转
它变得更加圆润与紧致
一个空杯
外圆内方
我想起小时候母亲的拥抱
那给予我生命的爱啊
因为抱得太紧
使它不断变形
成了一件意想不到的孤品

（原载《三峡文学》2024年第9期）

飘

◎陈　亮

长老们说闲蛋的傻是源于一场大饥荒
那一次，桃花园连续灾难
吃的东西越来越稀少了
人们先是将坡里的野菜野草
吃光了，后来又将桃树的
叶子、树皮、树根吃光了
能吃不能吃的东西全都吃光了
还是没能填饱他们
日益膨胀的越发透明的气球般的肚子

他们的肚子像气球一样越来越大
开始还能晃晃悠悠梦游般的走路
后来就彻底走不动了
在墙根处、沟边上，在桃花园
被剥掉皮的光溜溜的桃树下歪躺着
瞪大眼睛看着自己的肚子
气球般持续不断地膨胀，膨胀——

然后身体就开始一点一点地飘了起来

有的飘到了墙头上
有的飘到了屋顶上，有的飘到了
更高的树杈上，有的飘到了云彩上——

离开地面的那一瞬间，他们都突然笑了
脸上暖洋洋的
仿佛看到了果实累累的桃花园
闲蛋就是那一次被吓傻的
他看见那么多人
包括他的父亲、母亲、祖父、祖母
全都飘在了空中，再也没有下来——

（原载《作家》2024年第8期）

后遗症

◎陈煜佳

战争刚刚结束，塞林格活着
从战场上归来，但他的写作
还没有从紧张的状态中恢复。

深夜，当他快速地敲击打字机，
每个按键发出的爆裂声
重又把他带回法国的战壕。

炮弹就在他身边落下，而他抱着
他的打字机，躲在桌子底下
快速地敲击，与死亡争抢着时间。

他的战友已死去一大半，
他也将难逃一死，但他的手指
仍像炮弹一样朝打字机落下。

（原载“重返湖心岛”微信公众号 2024-10-06）

月　亮

◎陈煜佳

在她的晚年，艾米莉·狄金森
经常坐在二楼阳台的栏杆后面，
与路过的行人打招呼，
他们看不见她，但知道那就是她，
从她的声音，他们想象她
苍白的脸，光洁的前额，
她不欲见人，却渴望着人，
这与她那些写完就藏起来，秘不示人
却召唤着未来的读者的诗相符，
在诗里，她不躲于事物背后，

让一代代读者想象她的脸，
她擎着一颗月亮，坐在他们中间。

（原载“重返湖心岛”微信公众号 2024-10-06）

透过时间

◎池凌云

一个老人回到病榻上
让一个英俊的少年慢慢出来
他管住他已很多年
双眼皮的大眼睛拖住清晨的光线
和蛛网。从未做过坏事
也没有做值得宣扬的大事
他的鼻梁高而直，像一架独自驾驶的
傲慢的马车。没有返回
他做到了：没有怨言
用根须抓住泥土，做一棵静谧的树
让叶子回到大地
但他什么话也没说
那么多风风雨雨都消失了
只有秋天涌动的云朵
朝冬天行进的天空
擦出银亮的火花

（原载《三峡文学》2024 年第 10 期）

赞美诗

◎窗　户

钢架结构厂房
在暑期不到一个月
在眼前拔地而起
在操场外边的那块空地上
但空空的骨架
还没有结顶
还没有挡住我坐在办公室
就可以看见远山的视线
这也是我在小城工作生活
两年多来唯一的变化
在我快要离开时
仿佛某种隐秘的巧合
仿佛一个道别
因为远山和山顶的大风车
缓慢地转动
已成为我生命的一部分
它同样落满了
我的孤独、想象与思考

（原载“送信的人走了”微信公众号 2024-09-01）

秋　天

◎大　解

地上长出的东西最终被土地收回。
大人物，小蝼蚁，旧书中掉落的文字，
虚无后面的空气，都已经
回到了原位。
我站在山坡上，被一片薄云渐渐抛弃。
古人的呼吸还在天空中回荡，而风却走了，
秋天扩大了黄昏。
我依然站在山坡上，
手臂指着山下的一座村庄，
时间在那里盘旋已久，仍不肯散去。

（原载“诗人类”微信公众号 2024-09-18）

我是每一个

◎灯　灯

从天而降的巨石，砸中了奔跑的山羊
僧人为它做了超度

飘落的米粒，使一只蚂蚁失去了一条腿
我把它放在树叶上，对它说：祝你平安
我就是那只山羊
我就是那只蚂蚁
我是石头，是米粒，是万物中的任何一个
现在，一个老人在屋顶
洪水将他团团困住，他不在意
也不肯离去
月光垂直，聚焦他的一生——
我就是那个老人，就是屋顶
就是月亮
我就是在视频外面，围观的人群
我们看着那洪水，那老人，那月亮
我们看着那洪水
手电筒，冲锋艇，救生员
四面八方而来——

哦。我们看着那老人，在屋顶，看着那月亮

（原载“汉诗探索”微信公众号 2024-08-31）

孤　山

◎东　君

北山路。交警在指挥一支庞大的乐队

一些数字在车流里滚动，而我
把一块方糖扔进杯子直至变成浓缩的
无可挽留的虚无

重临孤山的吹拂，鹤已被谁放走？
悲风束之高阁，梅树投下自己的影子
湖水从餐桌退去
裸露着一条西湖醋鱼的孤独

风吹了还会有风，湖水又流往何处？
一个老人背着手走远了，一株梅树的影子
拖在他身后，在雾中消失。提着行李箱的
异乡人站在一块广告牌前，一动不动

一个诗人与一只鹤也曾在那里驻足

（原载《诗刊》2024 年第 10 期）

倾听树的声音

◎邓玲玲

有一个孩子
常常在深夜倾听树的声音
树的声音

是他最想听到的声音
他懂得，只有在深夜的梦里
这声音才听得看得最清
在深夜的星光里，大雪里
这声音最打动人心

白天，他淹没于人海里
读书，追风，放牧采花
闪烁流淌着每棵树的声音
树知道世上有这个谜一样的孩子
在课堂，在原野，在大海，在云空

大地上的树
都在为这个孩子使劲地生长
它们都有一个共同的心愿：
把每株枝干，每片叶子，每朵花
长成这个孩子的模样

（原载“送信的人走了”微信公众号 2024-09-04）

数 星 星

◎邓玲玲

两岁的时候，我就喜欢数星星

在南方的乡村小学操场上扳着指头数
教书的妈妈说
北方有一个漂亮的女孩
此刻也在数星星
在洒满星光的麦浪里数
我们中间隔着一条起伏的长江

听了妈妈的话
我数星星，越数越起劲
一颗一颗不停地指指点点
似乎我就快要把天上的星星数完
似乎我就要捧着漫天星光跨过长江去
似乎北方飘着麦香槐花香的风
就要把那女孩抱来与我相见

长大了，数星星的嗜好
一直延续到年已花甲的现在
昨夜，又梦见离开人世多年的妈妈了
妈妈告诉我，那个女孩依然还是个女孩
依然踏着麦浪在数星星
依然像星星一样美丽可爱

妈妈的话说完
妈妈也年轻了，成了一个女孩
我头上的白发皱纹全都跑掉了
长江的水波把南方北方的星光

抱在了一起

（原载“送信的人走了”微信公众号 2024-09-04）

剪　纸

◎第广龙

割破手心
剪出喜庆的花样
把心绞碎
满纸都是喜鹊和牡丹

拿着铁，拿着一个女人
在岁月里反复受伤才获得的手感
合拢刀口就是合拢风雪
合拢长路上的疲惫
放不下才是放下
皱纹上脸，白发上头
刀锋所至
苦和甜的转换
咔嚓有声

就在红颜色里进出
在纸上称王

在纸上再爱一回
前一刻还一无所有
眨眼之间，一眼泉水
一棵生命树，在怀里鼓动
拔节，生长

心慌了一辈子
有一个世界一直空着
也一直等着
等着一双手打开
那些宽窄不一的缝隙
进来了光

坐在人世间也是坐在天堂
舍弃多少，得到多少
浮动的灰尘也那么干净
剪着剪着
安静下来的生命
就成了菩萨

（原载《人民文学》2024 年第 9 期）

建造房屋

◎丁一鹤

我要建造房屋　一栋大瓦房

我要用一个秋天建造房屋
给在山东乡下的亲娘
青的是砖　红的是瓦
房前草地　屋后庄稼
牛儿在吃草　绳头牵在俺爹手里
草坡上散落的羊群是弟弟的
傍黑时别让您的小鸡小兔跑远了
小妹红梅
就让她在西屋里绣花吧

天气好的时候
您要去高粱地里薅草
妹妹和您一起走
还有身边纯净水流

别忘了您在草地上翻晒衣裳时
遗落的那枚银顶针
您要拾起来
给您在城里的儿媳妇
她要在阳光下缝两床蓝花被子
一床给您
一床我们用

冬天来时雪掩小路
您要用秋天的秫秸烧饭
秫秸火旺

您还要把锅底的木炭盛进火盆
端到炕上 拨旺炭火
您纳鞋底 小妹绣花
火盆里别忘给俺爹暖上一壶烧酒

过了小年
您就在门口挂上两盏灯笼
大红的那种 里边点上蜡烛
让我老远就看见咱家

（原载“诗叙事”微信公众号 2024-09-30）

练琴房

◎方 宁

我知道，这条林荫路的尽头就是音乐系的练琴房
那里有一台英国人制造的三角钢琴
松木地板上还有一个磨破了棕色皮面的小方凳

撑起可照见人影的琴盖，像打开了它的心脏
从那里响彻的音符，像放飞的鸽子会一直飞到窗外
手托下颌的教授，总是闭眼睛侧倚在钢琴边
据说，他有一双像听诊器一样灵敏的耳朵……

最熟悉的一条路。我曾在那里徘徊过很多次

至今，我的呼吸里还有道路两边梧桐树青春的味道

（原载《山西文学》2024 年第 8 期）

肖良库寻鹿

◎冯　茜

他呼唤着鹿群，却无回音
雪林太空旷，巨大的共鸣腔
只有惊雷才打得开

雪深深，踩下去像坠落
扑哧一下就滑向未知
他跪在雪地上，以手齐额
继续呼唤着鹿群

一只雪白的驯鹿来了
它神秘，像是大雪分娩的婴儿
一群驯鹿来了，被阳光
染得金黄，宛如下界的神兽

他起身，又滑了一下
继续跪下去。鹿群停下来
像是收到了突如其来的顶礼

（原载《诗刊》2024 年第 9 期）

写一首诗

◎甫跃辉

写一首诗，无论是在纸上还是
在电子屏幕上，诗歌之神都已为我准备好
必需的空白——这是巨大而艰难的工作
剩余的工作，不过是在空白里
勾勒细小的笔画：横的，竖的，弯曲的
如一些黧黑的蚂蚁，从空白里浮现
慢慢呼吸，慢慢蠕动，慢慢地发出声音
犹似冰雪消融，河水流动，空白又呆滞
变得活泛，由死寂变得热闹，由厚重变得轻盈
这些瘦弱的蚂蚁，触须碰着触须
胳膊挽着胳膊，脚趾挨着脚趾
向前走着，向更深处走着，穿过
诗歌之神专为它们准备好的空白
犹似回暖的冬末再次降下一场大雪
犹似春天飘落的柳絮铺满前路，迷人眼目
它们执意走着，穿过这专为烘托它们的存在
也为淹没它们的存在的空白。无穷尽的空白
空白的空白里，因它们行进的脚步声
回荡着隐约的乐曲：这便是我知道的

全部秘密——关于一首诗的诞生和消亡

（原载《诗刊》2024 年第 9 期）

泥泞

◎耿　翔

一场雨雪过后的马坊，泥泞一词
被它的村庄，用道路
占有着

而母亲的一生，能在马坊的田野上留下身影
就是借助，每一条泥泞的道路
让她的身体，可以与
神的土地
为很多庄稼，站立出一种
干净的样子。她的脚上
泥泞也是，一朵
清亮的山花

泥泞的道路上，母亲走过来
泥泞，也有了她身上的气息

那是雨水带来的气息，也是雪花带来的气息

每一片田野，像母亲站在泥泞里
为村庄，用双手刻画下
一地庄稼的，希望
她的目光，攀缘过一些树木
也攀缘过，一些坟冢
那些踩着泥泞
走了的人
她记着

泥泞的道路上，一个村庄
用她的干净，送走了
母亲

（原载《当代·诗歌》2024年第4期）

棉花地

◎管清志

我在一小片棉花地旁停下车
闭上眼睛，试图弥补
昨夜在喧嚣中失去的睡眠

经济开发区是一块坚硬的铁
小小的棉花地
是它最柔软的部分

这乡村的尽头
城市的边界
棉铃在无声地生长
一些秧蔓爬满四周的铁丝网
啪嗒，啪嗒
露水滴落，悄然渗入土地

一粒棉铃就是一颗小小的心脏
怀揣着洁白与温暖
接下来的梦里，母亲
或者爱人，轻轻摘取了它

（原载《天津文学》2024 年第 9 期）

知 道

◎何向阳

是的
我们貌似知道很多
善良　朴素
伪装　虚荣
还有真理
我们知道我们创造的
词语

指鹿为马或
点石成金

我们知道
千年　百年
倏然而过
积淀　传递
承继
白驹过隙
但我们真的知道
忽然　刹那
或者
瞬间的含义

我们知道
水落石出
尘埃落定
是的
我们还约略知道
得寸进尺
一意孤行
但我们却无知于
一朵花开的时分
一只蜜蜂的
行踪

（原载“诗人类”微信公众号 2024-08-31）

千秋燧

◎胡　杨

像是一座土丘
淹没在众多的土丘之内

风的嚎叫中
仍有马的嘶鸣

夯土层里
镶嵌着生锈的箭矢
一枚木简
一直在说话

许多脚印
埋在沙子里
晴空之下
能听见咚咚咚的赶路声

（原载《浙江诗人》2024 年第 4 期）

一个人渐行渐远

◎胡翠南

喜欢一个人来到湖边
雨后的小路潮湿，早已洗尽前人足迹
想起曾经有另外一个人
他对我说起孤单的意义
说起有一种鸟，只有死去才会从天空落到大地
湖水涨高
成群的鲤鱼又潜回幽暗的湖底
每一片涟漪都有着相似的身份与秘密
整座湖细腻而真实
波浪形的美
对应比之更为深邃而广阔的天空
只有沉默
配得上悲欣交集
即使飞得再高，鸟儿也只能暂栖一枝
如同那个渐行渐远的人
因为热爱这个世界
而宽恕了自己

（原载“乐诗者”微信公众号 2024-08-29）

宁静的一日

◎胡耀文

在松栖园，我获得了宁静的
一日，如同油菜饱满的籽粒躺在
闭合的荚里
游上岸的鱼在思念水
侧柏和银杏比邻而居，在同一种风里
飞蠓只有一次瞬间的生命
我看见了别的什么？
那七八个人的快乐，进入阳光下
疏影中，木骨靠背椅
坐在树荫下，讲古
在松栖园，一日漫长如
神的一日，短暂如
飞蠓的一生

（原载《长江丛刊》2024 年第 10 期）

秦淮河夜饮，留别建顺兄

◎胡正刚

流水声清越如击缶。素花木槿
萧疏的淡香，在清凉夜色里

在倒映着月光的酒杯中
微微晃动。少年相识于文
又在中年望眼可及之际
我们频频举杯，频频
在胸中折柳相赠
以此阻挡胸中的霜迹
向鬓边蔓延

酒醒后，你返回书斋
在时光的熔炉里炼字，锻词
借牛首山的梵唱和晚照
疗治思乡病。我赶赴清风朗月的
扬州，继续买醉于江南
——胸中的郁郁块垒
需要消释和疏解

返回云南前，我还要绕道
宝华山，在见月老人的讲经坛边
垂首诵读《一梦漫言》
——心上的茫茫尘土
需要擦拭和清洗

（原载《草堂》2024年第8期）

黄昏

◎黄　芳

我在黄昏经过那片田野
秋天最后的金黄正慢慢暗沉
稻草人身上，停落着归鸦、斑鸠、麻雀
还有更多叫不出名字的
它们张望，跳跃，攫啄
时不时，稻草人橙灰色的双手
随风轻摆，引来
野猫的凝视与扑打
哼着曲调的老人经过时
停了一下
微弱余晖掠过他寂静的帽檐
很快，他在倒伏的夏枯草里暗沉下去
比他的影子要快一些
——没有更远的了
很快，我的影子就会在黑暗中
转过身
回去做一个稻草人

（原载《诗刊》2024 年第 9 期）

昨夜梦见故乡的繁星

◎黄礼孩

夜已深，理想的家居闪亮
星星凝视着它所爱的万物
白色群马，长长的鬃毛飘扬
它们身影轻盈，马蹄也按下静音键

半岛的夜莺，畅饮银露
它的歌喉着了魔
星空之下，整个世界只为一个少女
预备坦白的勇气，一道光涌进了她不眠的眼

良夜，亲人们在准备明天的婚礼
父亲和母亲喜庆得泪水奔流
这样的欢乐像一对初见的恋人

（原载“诗与画”微信公众号 2024-10-22）

无名的花

◎黄清水

这些年去过好多地方，却没有一个地方

住着一个你，你在这世间消失了
我寻找了一遍又一遍，我们也没有交集
我有时怀疑你躲在花丛中
每一个季节都冲我开花，每一个季节
也冲我凋零
是否我们只能以这样的方式遇见
我叫不上你的名，却看见过你的美

（原载《北京文学》2024年第6期）

黑暗是多么温情的一种光

◎黄小培

晚饭后，沿着乡间公路散步
村庄在背后越来越远
星光睡了，路两边的树木睡了
空气中狂舞的灰尘也睡了
一个人走着，神在心里，心在梦里
偶尔会被流光一样的车灯叫醒
因为黑暗，乡野的寂静让人放空一切
只有黑暗，才能让人干净到一无所有
才能真正地清醒、明亮起来
而不是为日常的那些光芒盲目引领
不知走了多久，远处的灯火围成了一个圈

护着我，一个脱离人群的人
而周遭的黑暗是多么温情的一种光
无用的光，无用多么美
像纯洁的黑眼仁里清澈的眸光
它照着我，用它的静默，贴着我的心
被命运的压路机轰然碾过的心
还能感知爱和羞愧的心
那是其他光芒都无法抵达的地方
此刻，正在经历一场热烈的拥抱
在这远离喧闹的地方
在这静谧的乡野的夜晚
我像一步悔棋，被一只无形的手
举起，久久不愿放下

（原载《大地》2024年创刊号）

一块待锻造的铁

◎黄晓玉

我有一块躺在居室的铁
那是我年少时期从渣土堆中捡到的
我一直有一个夙愿
能将它锻造成一件宝贝器物

这些年，我一直在寻找
却苦苦找不到好的铁匠
这些年，它一直在生锈
而我的腿脚也开始笨拙
脸上的斑也越来越多
说出的话也不再斩钉截铁

好铁匠现在真是越来越少了
但我的激情却一直还在
呼呼的风箱声，叮当的打铁声
在我们的耳朵里越来越响

仿佛自己就是那块铁了
在梦中，被反复烧红，锻打
喷射出烟火、繁花和星星

（原载《诗庄稼》2024 年冬卷）

陶 然 录

◎灰 一

时钟在被慵懒的光阴敲打着，嘀嗒嘀嗒
宛若水滴，要凿穿这午后的百无聊赖
一群云雀在图书馆外的栏杆上交头接耳

它们的眼神带着俏皮
此外倒水的声音，书页翻动的声音
都在旁若无人地演绎自己
老旧的图书馆注定关不住这些躁动
然而情绪，却能在这些熟悉的躁动里逐渐抚平
我完全融入了文字
那些声音，是另一个世界的伴奏曲
一点点深入、沉浸，宛如梦的最开端
身旁来往的身影，权当作风声——
去包容，去理解。此身已在瀚海遨游
那偶尔翻涌的浪，无法改变深藏其中的
辽阔以及函盖充周的灵性
百叶窗被拉开，阳光走了进来
她那小心翼翼透出几根明亮细线的模样
多像邻座偷偷吃下糖果的女孩

（原载《诗刊》2024年第9期）

小火苗

◎ Jo

那时我还没有近视。
两百米外河对面山脚的
小火苗

确定地被我看见了
我没有告诉谁。
八九岁的小姑娘
能发现什么惊天动地的新闻呢？
我没有太激动
只是远远地看着它
慢慢地变得更明亮和清晰
——其间我进了趟屋
抓了把瓜子和葡萄干吃
火在那时候仍旧什么也不算
我不知道我在期待什么
冬天，夜里，过年
大人们在屋里
欢乐又大声地吃喝聊天
孩子们也没谁会对寒冷的屋外
遥远的小火苗感兴趣的
所以我没有告诉谁。
我也没料到小火苗
会在一小时后变那么大
在两小时后，彻底失控
三小时后成为了临近三个村近百名男士
集体奋力要扑灭的东西。
三十年间我都沉默着
没有告诉谁。
我不知道要告诉谁
火花原本是那么小

我也那么小。

（原载“猛犸象诗刊”微信公众号 2024-09-13）

胡春香

◎贾　想

胡春香躺在深深的地方
她的睡梦和种子一样漫长
载着她孙儿的列车现在开得很慢
雪落着。列车正开往石家庄。

一棵垂老槐树站在平原中央
枝头的鸟巢空空荡荡
胡春香躺在平原深深的地方
雪落着。一只喜鹊不知去向。

爱看彩电的老人是胡春香
唱歌走调的少女是胡春香
雪落着，天地曾不能以一瞬
胡春香躺在深深的北方。

请有序下车
在这不见前人也不见来者的车站。

石家庄，雪落着
是胡春香的歌声落满我的衣裳。

（原载“诗人类”微信公众号 2024-10-08）

前　生

◎剑　男

行走在长安途中，在没有遇到张九龄之前
他们称我为布衣
大地春风吹动，绝望的人胸怀枯木
当我在长城脚下一块块砌我的青砖
泥灰扑面，他们称我是黔首
黑色的头巾灰色的短袍，戍边的人东望余杭
很多时候，我是百姓，但当我在
生活面前一败涂地，他们又称我为黎民
其实我最愿意是一个庶民
居住城郊，租种贵族的土地
假装上有片瓦，下有寸土，渔耕樵读，独乐山水
然苍苍然生草木，他们又称我为苍生
何以成为草木丛生处，何以是草芥？
泯然为物，涂炭不尽的生灵
如果他们称我为氓，这个身份多么恰如其分
外来的，手无寸铁，充当时代的隶役

不知何来何往

（原载“诗人 poet”微信公众号 2024-09-02）

有生之年

◎剑　男

说出来就短了一截，像一根燃烧的木头
不是在末梢，而是在底部
像新年的炮仗，远处有大响
但有一截已不复在人间
有一副好身板，但要贴上中年的风湿膏
有可以瞭望的远方
但只够在寂灭中忆起这个缤纷世界的色彩
像夕阳收敛光芒，山河褪回底色
候鸟飞临它最后的涂滩
有生之年，灰烬中的火焰归于平静
心中有猛虎，但要蜷卧在温顺的羊群之间
像马车拆下轮辐
守夜人睡在月亮的臂弯
大地辽阔，却没有多余的道路可供选择
曾经有过的青春、理想和爱情
以及如今捉襟见肘的思想
都要认下，包括承认

沙漏里剩下不多的沙子还在漏
承认半生的较量，已经输给了这不堪的人间

（原载“诗人 poet”微信公众号 2024-09-02）

稻谷丰收了

◎江　非

秋天的稻谷丰收了
于是有个人进来，给每个人都发了一根稻草
稻草金黄
每个人都紧紧握在手里
等水淹到鼻孔时好靠它游上岸

于是，每个人都笃信着这根稻草
都如此活了一生
有的甚至
踩在脚下一块沉甸甸的巨石上
去张望洪水到了哪里，时间到了哪儿

每个人都忘了
他们其实
一直是走在无边无际的沙漠上
手里握着的

是压死骆驼的最后一根稻草
秋天的稻谷丰收了
稻草像黄金

（原载《山花》2024 年第 9 期）

一枚针掉在地上

◎江一苇

一枚针掉在地上，通常不发出任何声响
一个人掉在地上，有时会听到“砰”的一声
那是一个临近年关的下午，太阳寡白却有些刺眼
我从一栋高楼前经过，看见楼下半圆形围满了人
我不知道他们在寻找什么，只记得小时候
我们全家为母亲寻针时就是这样
全都蹲下来围在地上。那时候针是全家最重要的家什
现在成了一个词。人群很快就散开了
接连几天都和往常一样平静。直到有一天
我刷手机刷到了一则新闻，我忽然感到
从前的那枚针再次掉到了地上，不同的是
这枚针竟变得异常沉重，老远我就听到了“砰”的一声

（原载“一见之地”微信公众号 2024-09-25）

在夏天回忆一次夜行军

◎姜念光

那年初夏的一个夜晚，没有月亮
队伍在马栏山一带走了五个小时
记不清什么缘故，必须有那次夜行军
就像一趟装满煤炭的火车
货物们困惑又疲倦，边走边打盹儿

第三列的第四名，要单独挑出来
因为他过生日
他不仅仅携带着装具扛着枪
挎包里还另外装着干粮和一只口琴

为了提神他开始分辨经过的树木
樟树、水杉、梧桐、笨槐、栗子、臭椿
数到三百棵，他已经成功地说服了它们
树之所以要成为真正的树。十六岁
他也是树，一年中翠绿地长了六公分
为了提神他掏出了口琴，凉凉地拿在左手
他也是口琴，要被时光吹奏
他祝自己生日快乐
想写一封什么样的信，寄给远方的什么人

就这样在初夏的夜里，他走了很远很远
直到四十年后，万家灯火中的一封信
我慢慢地读着
当我在夏天回忆一次夜行军。案头
另外放着一本打开的小书
第一行写道：“他者的时代
已然逝去。那神秘的、诱惑的
爱欲的、渴望的、泥土般的、痛苦的……”

（原载《诗刊》2024 年第 9 期）

晨起闻风声有感

◎蒋　浩

昨夜，你在楼上反复开关
那扇由客厅通向阳台的木门
差不多每隔半分钟，重重地撞击！
楼上没人？我的可怜的额头
好像还真没再碰上那双装了铁蹄的高跟
——我早已受够了
天还未亮，就迷迷糊糊起床
哦，在阳台上也能感受到外面动静生猛
前后左右的楼房都在向外扔门窗桌椅

一夜之间，这个小区空旷了许多
你也轻易住进了那么多空空之家
——海岛其他地方也如此吗？
你在电话里说：“没见过吧，
这是小台风，还很小。”
但我还很小就不断听见这种声音
没想到它在这里突然有了名字
像是你刚才信口胡诌出来的。
腰折在电线上的连衣裙，
露出了电线的尾巴。

（原载《诗潮》2024 年第 8 期）

梦见自己的葬礼

◎蒋立波

忘了哪一年，梦里回老家，与一列送葬的队伍相遇
我好奇地打听死者的名字，他们的回答
让我匪夷所思，因为他们说出的竟然
是我自己的名字。更匪夷所思的是
我竟然跟着丧葬的队伍，走了很长一段路
送葬者和我，竟然都没有过多的惊讶
一种古老的冷漠显然比梅花吹出的雪更冷
他们如此熟悉死亡，犹如精通一门告别的艺术

哪怕那是无数次告别中最平庸的一次
似乎每个人都是一个幽灵，老练地送别着
另一个幽灵，让另一个我，送别着自己
而当我从梦中惊醒，就像从幽灵的队列里
匆匆逃离，我只拥有短暂的惊恐，我庆幸于
那只是一场葬礼的排演，或者是对另一个
陌生死者的冒名顶替。但只有我知道
我确实早就死过了无数次，早就
把自己送别过无数回。这不单单发生在梦里
事实上我从未从梦的机舱向外跳伞
尽管许多时候，梦总是被现实冒名顶替
哪怕过去了很多年，我依然只是死亡的门外汉

（原载《文学港》2024 年第 9 期）

香巴拉广场

◎金铃子

这个深夜
我与娜夜，在香巴拉广场散步
那个扫地的女人坐在灯光下
一动不动，如此寂静
像佛
扫走了人声喧哗

这里干净得让我感到莫名的痛楚
这痛楚
被灯光下黄色的木香花照耀

亲爱的香巴拉广场
仿佛我失散多年又找到的亲人
它容忍了两个满身灰尘的人
容忍了我们
散落在广场上的病句

（原载“诗人类”微信公众号 2024-10-08）

缝 纫

◎金铃子

她踩着蝴蝶牌缝纫机
手指修长而细瘦，她手指不停地动
如孤独游走

长长的皮带空自旋转
蝴蝶落在她的身上
仿佛从她身上长出的蝶衣

她为一个永不在场的人缝纫

多冷的天啊

它旋转，磨掉她的牙齿和皱纹
它缝补，从没有停止过的破碎

（原载《诗刊》2024 年第 9 期）

时　间

◎康　雪

时间从野外回来时携带了一身的香气
但它又如此疲惫啊
得在一个人身上重新开始

时间敲响了婴儿的房门，它的确疲倦极了
但又如此礼貌
它进屋前抖了抖蹄上的灰尘

时间在婴儿身上一鼓一瘪地呼吸
时间如此洁净

（原载“乐诗者”微信公众号 2024-10-02）

孤独的花束

◎康承佳

傍晚，先生下班买菜回来
给我带了一扎栀子花

那是被挑选剩下的已经泛黄
趋近枯萎的栀子花

家里没有花瓶
我把它插在喝水的杯子里
它是如此瘦弱、疲惫
在半杯水里，轻轻地抱住了自己

次日清晨，它并没有在我的照顾下
活过来。瘫软的样子逼近死亡的姿态
只有花香还努力着
铺满整个房间

（原载“小镇的诗”微信公众号 2024-09-02）

告　别

◎蓝　蓝

一个朋友突然死去。
另一个漂洋过海，去了异乡。
秋天敲响我的房门，
递给我夏日的诀别信。

时光享用掉在大地的果实，
冒着热气的青春身体。白霜凝聚成寒冷
在它流血的嘴角滴落。

告别早已开始，而那时我并不知晓——
经七路的法桐树下，公用电话滑落
泪水涌进喉咙——告别早已开始。

像一尊石像，从腰间断成两截
一个人与自己告别，脱身而出的是另一个人。
多年以后，妈妈在我的怀中停止呼吸，这一次
我知道我必将随她远去。

我已是我所爱者的遗物和遗址。
我是亲爱者的影子在大街上行走。

我是你们的梦和镜子，当你们睡着了

当你们打开窗户忽然想起
某个夜晚，年轻的我们在五月的树下
一起欢笑的情景。

（原载《江南诗》2024 年第 5 期）

地心的迷惘

◎老　井

操纵综掘机
竭力在地心深处劈开岩层，因为心存敬畏
才能看见瓦斯、一氧化碳惊骇的脸
因为看见瓦斯、一氧化碳的阴险
综掘机的脚步立刻变得像是灌了铅
我轻轻按动开关，合金钢的刀头
在离煤壁尺把远的地方停下
只是用冰冷的目光向四周斜视
此时它离地面八百米，离研石山顶一千米
离山顶洞穴十万八千里
离一亿年前的原始森林不到一米

目前，我分不清自己是

冰冷的钢轨，还是乌黑的煤炭
抑或是亿万年前就盘踞在沼池底部的
那群吞食荒凉的草履虫
深夜两点
我暂时迷失方向
像是陷进纹路里的螺丝钉
工友们笑着将我从座位上拧出来
继续操纵庞大的机器剖开大地的苦胆

（原载《中国校园文学·青年号》2024 年第 8 期）

一个人的晚霞

◎冷盈袖

爱上看晚霞是近几年的事情
溪边、桥上、树下都是不错的选择

于我，最好的地方是老家的后山
从前我常在那里奔跑，用上一整个白天的时间

如今只在黄昏去
慢慢踱上坡，慢慢朝着远山走去

如果可以，我们应该到后山看一次晚霞

不用多，有过真正的一次就够

大多数的时候，我习惯一个人
一个人的黄昏，看过晚霞也就圆满了

世间恰到好处的事物不多，此刻我能想到的有三——
世间有你，黄昏有晚霞，静夜有月光

（原载“一见之地”微信公众号 2024-09-27）

熟　溪

◎冷盈袖

有段时间我每天沿着熟溪走
好像整个小县城除此，就没有别的路

熟溪上的桥总是太短。以至于很难在桥上
遇到熟人。但从桥上下来，就轻易抵达了另一边
不过，我倒愿意在桥上浪费更多的时间
通常桥上风会大一些

风只吹一个人，两个人，和一群人
是不一样的。我想你会明白这种感受

我应该见过你
那是很多年前。那时候还没有长安桥

那时候我还在乡下，时常拎着一只手电筒
在夏日的夜晚游荡

（原载“一见之地”微信公众号 2024-09-27）

旧 忆

◎冷盈袖

教室后面是春天的斜坡
毛茸茸的绿草从最底下爬到了顶上

她常坐在二楼的窗边望着斜前方出神
那里有一棵紫桐树，紫桐树下是一口老井

她有时会在那里打水洗衣服
紫桐花落下来，有些在泥地上，有些在井里

井的东边是间低矮的土屋
幽暗中停着一排排生锈的自行车

其中一辆是属于她的

是一辆永久牌自行车

那是哪一年呢？她始终无法确定
但一定是一个春天
某一年，某一月，某一日
一个仿佛可以在春天的细雨中融化的日子

（原载“诗赏读”微信公众号 2024-08-27）

邂　逅

◎李　南

为你准备了一片辽阔草场
在我的诗句中
多年不见也没有关系
你可以读读这首诗
看一看白云在蓝天下闲逛
牦牛低着头啃草
也可以去俄博梁看流星
沉沉夜幕下，你想到什么……
没有世间俗务
高原的风清洗了你的欲望
不要过于缄默
尽可以放声自言自语
如果幸运

你会遇见另一个我
我们——你和我，坐在草地上
不必寒暄，也不必叙旧
我们就一直发呆
盯着点地梅开出黄花来

（原载《人民文学》2024 年第 8 期）

我是游客，还是归人

◎李　南

土拨鼠在草地上打洞
怀头他拉变成了绿洲

巴音河水缓缓流向可鲁克湖
德令哈人民都有了宽敞的房屋

祁连路商圈红红火火
诗城大道拱卫着这座城市

我走在巴音河畔
不知道自己是游客还是归人

我曾经是戈壁滩上一枝红柳
羞涩地开着紫花

也曾经望着瓦蓝的天空发呆
向往着外面世界的神奇

如今我满脸沧桑，白发丛生
捧起一把沙土，看它们慢慢地从指缝间漏下

（原载《人民文学》2024 年第 8 期）

乌贼骨

◎李　庄

那时，父亲患有胃病
母亲在剖乌贼的盆子里
捞出了乌贼骨
说：这个可以止胃酸，止血
她在水嘴下冲干净
把乌贼骨晾在窗台上
院子里飘着乌贼的腥气
夕阳西下，晚霞血红
那时，我还不知道世界
正在大面积胃出血，转瞬
凝结成黑夜
妈妈，你俩如研细的乌贼骨粉末

消失在世界的口腔里，咸涩
但胃病无法治愈
它的消化物日趋复杂
重金属，玻璃，激素，农药
塑料，建筑垃圾和各种分类垃圾
以及一本散发着油墨香气的
名为《乌贼骨》的诗集
妈妈，那无法下咽的
我咽了下去——乌贼汁依旧漆黑
乌贼骨依旧洁白，柔软，易碎

（原载《诗潮》2024 年第 9 期）

放月亮：给即将出世的儿子

◎李　壮

漫步。抬头。每十米一次折返：
月亮也这么跟着我。今晚
我像是也变回了孩子
用无形的风筝线放着月亮
头顶落尽了叶子的树杈
哗啦啦刮擦这枚天体就像
它们在秋天刮擦双层巴士的顶棚

想起来都像是很古老的事了：
那么久那么久以来
我都一直待在这人世的车厢内
整片天空、所有那些发光的
和不发光的星球
也一直跟着我漫步往返：
我曾像个父亲那样放牧它们
而它们照着我长出胡子
它们照着我真的变成了一个父亲

（原载《诗刊》2024 年第 8 期）

对称

◎李　黎

当女儿开始认识每一个亲人时
她的曾外祖母正在忘记一切
首先是忘记每一个人
忘记每一件物品
甚至忘记饥饿
女儿记得这个过程
记得自己被叫成另一个人
她们是一种对称
一个在时间的这一面

一个在时间的另一面
一个人消失于时间
一个人成为我们的时间

（原载《雨花》2024 年第 10 期）

我可能一生都无法脱离那些词语

◎李点儿

这是日常的一天
把家人的冬装整理装袋
夏装依次取出
或清洗，或熨烫
做了个别房间的保洁
床头的那本书
放在了阳台的摇椅上
等着太阳缓慢地爬上来
受院子几株翠绿植物的吸引
走出房间拍照存念
这个过程
我默默想念了心中
惦念已久的亲人和朋友
和他们做了只有我自己知道的交流
是的，我告诉他们

我正缓慢接受自己的衰老
接受有胜于往常的快乐、简单和平庸
感谢一些词语供我体面地挥霍
让我通过它们
保留着一个诗人对大千世界的质疑和认可
我可能一生都无法脱离它们

（原载“六瓣花语”微信公众号 2024-09-14）

黄金时代

◎李麦花

傍晚的时候
太阳从楼丛缝隙照射过来
落在那些高的树尖上

我走出屋子
坐在树下
像藏在一层薄薄的黄金之中

风一阵阵吹来
每一阵都是新的
把我坐的竹椅吹旧了

我的面前还有一把
并没有另外的人要来
它空着

我坐在那儿读萧红
读到“这不正是我的黄金时代吗”
念出了声

（原载“六瓣花语”微信公众号 2024-09-09）

后来我穿上蚱蜢的外衣

◎李玫瑰

那时候还小，总是喜欢在草地上捉蚱蜢
喜欢它们绿色的外衣
与绿色的草地融为一体
像一道让人无法辨认的谜题

后来，我穿上蚱蜢的外衣
在生活的丛林里
一再隐藏起自己
在本该发声时选择了沉默
在本该反对时选择了附和

然而，在僻静的角落
我还是会掏出心来
像面对真理一样，拿起泪水涔涔的抹布
小心翼翼地
擦拭一番

（原载“天天诗历”微信公众号 2024-08-29）

日　常

◎李玫瑰

我在啃《阿赫玛托娃》时
他在维修一个旧插座

我习惯于在书本里研磨爱情
他习惯于修补生活中的漏洞

沙发的松动啊，水龙头的漏水啊
他发现它们
并让它们消失于无形

甚至争执之后的裂隙
也是他率先拿出和解的胶水

这修修补补的山水啊
因为被我们用旧
又翻新，成了独一无二的风景

（原载“中诗网”2024-08-22）

盯着黑夜入神

◎李长瑜

一个人盯着黑夜入神，一盯
就是几十年。像核桃
也能包浆一样，一些星星
被摩挲的滚烫。
一个人盯着黑夜入神，有时
时间会被盯死。需要有人大喊一声，
宇宙，才会醒来。
一个人盯着黑夜入神，久了
天空也能被盯出洞来。
那也许是一个去处，或者
有什么要来。

（原载《安徽文学》2024年第8期）

看　雪

◎李志明

下雪了
他蹲在门槛上
看雪。一片一片雪花从空中摇摇晃晃飘下来
好像走了很远的路
院中已铺成耀眼的白
几只小鸡跟着它们的妈妈
嬉戏，寻找米粒
雪花被它们啄得四处飞溅
尽兴处，仰头咯咯咯叫几声
仿佛这场雪是专门为它们下的
他下意识揉了揉有些发热的眼睛
或许因为雪光太强
或许想到了远在城市打工的父母
听他们说，那里从不下雪
他真希望雪下得足够大
他就可以堆出两个雪人
一个叫妈妈
一个叫爸爸

（原载“天天诗历”微信公众号 2024-09-20）

雷雨夜

◎里　所

想听着雷声雨声睡觉
打开了所有窗户
猫却怕得缩在地板上
把它抱上床，关了灯
我睡靠窗的外侧
它睡里边，紧贴着我

这样的雷声
如果和奶奶一起入睡
她会说：“老天爷在打妖怪呀。”
“妖怪？！”我吓得把头埋在被子下面
抱住她，挂在她身上
“对，什么东西成精了，
犯了错，老天爷在收它呢！”

在板集，童年的雷电之后
我们看见桥头有棵树
被劈掉一根大枝
树皮被撤下来
露出一段白色树骨

（原载“磨铁读诗会”微信公众号 2024-09-02）

马场草原

◎梁积林

三三两两的马匹
闪电一样的嘶鸣

一些云去了青海
一些云折叠起来，贮存到了汉代

谁说我不是匈奴
谁说我不是月氏
谁说，成吨的蹄音，换不回一个
甘州的回鹘公主

那些蜜蜂的工匠
一直在油菜地里忙碌
已经打造出了那么多
金黄的词语

一只鹰，叼着夕阳的火种
在点燃，远处的
祁连雪灯

（原载《诗刊》2024 年第 8 期）

茶卡灵魂

◎梁积林

那道旧钢轨一定通到了灵魂的最深处
那对新爱情一定开在神的花园里
我想坐在湖心洲看那紫霞的落日直到人间苍茫
我想听那小火车咬啮地球的声音直到世界荒凉

（原载《诗刊》2024 年第 8 期）

有　你

◎梁久明

有你，不爱这个世界就是罪过
尽管爱情也弥补不了世界的残缺

期待中等来一件要命的东西
那么多无聊的日子原来都是铺垫

你来了，这躲不开的相遇
并不等同快乐，我已尽尝折磨

还能思念，还有痛感
——我还活着！这就是幸福

尚未与你见面，也许永远
都不会，而事件已经发生

（原载“蓬 | 诗部落”微信公众号 2024-09-18）

砖垛上的草帽

◎梁久明

干活的人走了
我来时，只看见一顶草帽在砖垛上
一片砖摞压出的痕迹间
几根细草摇晃
天天搬，不停地垒砌
我没看见房子，只有这顶草帽
颜色发白，几个破洞漏下光
我伸出手试图把它拿起
却拿不动它
它浸入了太多的东西
已被岁月石化
很沉

（原载“蓬 | 诗部落”微信公众号 2024-09-18）

等　待

◎林　莉

一地落叶，槭栾树的、朴树的、无患子的
靠近又分离

所求越来越少
但谁的心里能没有几件不堪提起的事呢

落叶追着落叶
提醒着世界总在不断纳新辞旧

傍晚，有人不知为了什么，坐在街角哭
头深深埋在臂弯里

像冬天，落叶被点燃，那些青烟，噼啪的火星
在慢慢灰暗的天空，清晰起来

谁又能从不曾两手空空，一次次握紧又松开

（原载《诗歌月刊》2024年第9期）

吹拂

◎林 莉

又一次，人间覆满新雪
平原与河流，安静地牵引清澈的词

二月，已在身旁
一定有什么，来到了我们之间

每一场雪，都饱含一个春天
只要我们并肩站着，梅花就开了

山河敞亮，我们一路向北、向南
眼睛里跳跃着梅的红焰

又一次，平原与河流，在岑寂中
长出春风鼓荡的模样

被犁开的雪原，露出墨青河道
山峦，敞开沉睡的矿脉

那不曾在时间里丧失的，都留在春天里

（原载《诗歌月刊》2024 年第 9 期）

我们曾经唱过的歌

——写给国营

◎林　莽

你还记得那些歌吗
我的好兄弟
那时，水乡的夜多么静谧
小学校也静了下来，你曾陪我
度过了多少那样的黄昏与夜晚

在村子的西北角上
学校院墙外，是偶有渔火闪烁的大淀
风拂动芦苇，摇曳树木
我们在院子里静听内心的涛声
有时为了掩饰寂寞
我们会唱那些并不属于我们的歌
只是唱，只是想借此抒发些什么

那时的人生，年轻而空寥
我们对未来无知也无觉
生活到底有什么在等着我们
我们真的不知道

时光一晃五十年

有时，我真想还在那样的星空下
再同你唱唱那些
不属于我们但属于青春的歌
它们会带我们进入时光的隧道
给我们怀念、梦、曾经的热血与纯净

时光一晃五十年
你是否同我一样曾在心中轻轻地哼唱过
那些已经印在了我们心中的歌

（原载“雄AN文学”微信公众号 2024-10-17）

家　书

◎林　莽

苇丛里钻出的是一只运苲草的船
一老一少两个人
在波光中像是一幅剪影画
午后的阳光下，他们这是第几趟了

我在临窗写一封报平安的家信
偶尔抬头就能看见他们
波光粼粼的大淀，一只船
几大片错落的逆着光的芦苇丛
一帧暖色的无声的风光片

信中我写了乡亲、村落、平安和思念
掩去了青春的无望，孤单与苦闷
他们卸了船又驶进了芦苇丛
在那个小小的水乡的村落
在那个动荡的年份，我体会了
朴素的乡情，本真的善意与爱心

站在小学校的西窗前，我封上家书
看初秋的大淀一片苍茫
心中忽然响起了少年时母亲在灯下的哼唱
那曲调苍郁，温婉而忧伤

（原载“雄AN文学”微信公众号2024-10-17）

马丁靴

◎林宗龙

那边紧挨着一座公园，
我长时间在它的腹地漫游，
绕着柠檬桉和构树，
因那奇迹，随处可见
造型特异的枝干，垂向湖面
也总会有惊奇的白鹭掠过湖面
我的马丁靴踩在银杏叶上

“吱嘎”地响着
像一种声音传递到草丛里
被接收到时，总会有可爱的精灵
从静谧处献出更大的蓝调
有时候是一只松鼠
迅速地蹿到榕树的根须
如果天气晴朗，也会有一只刺猬
探着脑袋从灌木丛现身
我曾把厌食的巴西龟
埋在那里。像完成一次救赎
如果有一座楼梯出现
我会爬上去，只是为了爬上去
看看我的靴子留下的唇印

（原载《十月》2024 年第 5 期）

作为枷锁的玫瑰

◎刘　川

花园里开了
三朵玫瑰
她要天天看护
不许人摘

当玫瑰凋零

她才解放
走出花园

有一年
一个男人，摘了她的一朵玫瑰
又献给她
她接受了

那朵玫瑰
已凋零四十年
她还没有得到解放

（原载“诗人类”微信公众号 2024-08-27）

我越来越不认识自己了

◎刘　莉

我越来越不认识自己了
头发开始脱落，变白
成了一朵落在凡间的云

牙齿也开始松动
让我咬牙切齿的人我最终选择了原谅

脚因为渴望飞翔

而变得越来越飘
经常摔跤，仿佛要把全身的零件摔碎

嘴巴也越来越不听话
时而颠三倒四
时而结结巴巴
更多时候，我的话只说给自己
一个快要生锈的人

我喜欢的事物越来越多
记住的事物却越来越少
我越来越不认识自己了

（原载《诗庄稼》2024年冬卷）

悬崖歌

◎刘 年

多少年了，悬崖始终没有退让

只有胆小的岩羊，认为悬崖是最安全的
只有对面的悬崖，理解悬崖

望着人潮人海的深渊，我是座一米六三的悬崖

你的脸颊
亦有陡峭之美

（原载“诗人类”微信公众号 2024-10-05）

都灵之马

◎刘立云

哲学家总是把自己逼入困境
如同这匹马在这之前，可以是符登堡之马
普罗旺斯之马，科尔沁
或阿拉善之马
直到某一天在大街上遇见尼采

苍老、困顿，赶车的那位连自己
都怀疑是否还活着
茂密的胡子遮住了总在嘀嘀
咕咕的嘴；他坐在车上，有时候躺在车上
任那匹马轻车熟路地带着他走
他一辈子都在田野劳作
都在喝酒，或者晃晃悠悠走在进城的路上

一辈子在无休无止地种土豆

挖土豆，吃土豆，储藏
土豆；还有他从未谈婚论嫁的女儿
陪伴他无休无止地挑水，喂马
在旷野袅袅升起炊烟
一辈子没完没了地削去土豆发芽
和腐烂的部分。他不知道
他就是一颗在人世间滚动的土豆

没有人驱赶他们，嘭嘭敲他们的门
逼他们还债，但是大雾，风
石头屋子，赤裸的树
四只碗口大的马蹄，一年到头
敲打谋生的路，而且总那么急迫，那么空洞
三月来临，冰雪还没有消融
日子就这么无休无止
画外传来的喘息声，是马在喘息
也是人在喘息，且越来越急
如同黑暗中，一个人从棺材里醒来

在都灵，尼采一下看见了这匹马
一下扑上去抱住这匹马
痛哭。老农惊呆了，老农压根不认识尼采
压根不知道哲学忽然变得无足轻重
他不知道疯了的尼采才是
尼采，割下耳朵的梵高，才是梵高

（原载《诗刊》2024 年第 8 期）

凉都志

◎刘洁岷

夏季是充满寓意的季节
投奔凉爽的人络绎不绝
苍穹反复回放蓝天白云的桥段
有的人在对着手机直播架粗声大嗓
有的人卖吃的喝的，有的人买投掷玩具
人们在跳舞，戴着边疆的小花帽子
人们在漫步，姿态透出一阵阵清凉

人们仿佛脚踏风火轮冲荡在速进的镜头里
周围除了老者就是孩童好像人间自古如此
人们慢半拍慢一拍地排队以为还有什么抢购
而在队列的尽头只是一张张病危的通知
人们掩饰激动的情绪排队在签字簿前
平静有序，积攒抽泣与昏厥的平静
每人包括你我近在眼前远在天边

一排又一排店门紧闭的街巷
街巷的尽头是被遗弃的古镇
古镇被局部翻新后再度遗弃
门牌剥落，门户黑黢黢洞开

黑暗气息弥漫，棺椁中飞絮
像深渊腾起的浪花朵朵扑向
仿佛守墓的老人和几个幼童

古栈道上骡马的影子飘过
众生踏入宽街窄巷的模型
当年疾书偏方的老郎中抿紧嘴角
嘴角凝结着那一丝不易察觉的微笑
逝者，在无人生还的葬礼上泪流满面
孑然一身的你我遇见孤身一人的你我
被寒流冻裂的人们呵都是夕阳中的人

（原载《花城》2024 年第 5 期）

立 秋

◎柳　燕

拉开窗帘，看见晴朗的天空里
大朵的白云和小朵的白云
轻轻地飘着，像暑期出游的一家子
那些小白云朵，很快就跑到前面去了
“穿堂风温柔地吹过，真够凉爽
大人们都在熟睡，只有孩子们
在午后安静的世界上跑来跑去”

这是爱人随口而出的句子，我说
这就是诗，你有成为诗人的潜质
我们站在出租屋的窗前拥抱
目光欣赏着窗外世界的风景
一架飞机正在平稳降落，越来越大
今天是立秋日，语言已抵达不了我的幸福
很多时候，它同样抵达不了悲伤和孤独

（原载“一见之地”微信公众号 2024-10-09）

例　外

◎柳小七

我穿梭城市
漫无目的
没人知道此行的目的只为你
我曾试图用诗歌打动你
在做你的决定
要和一个个舞动的身体保持距离
我很嚣张、霸道
我的出现就是破坏你的所有规矩

我把青春赠予你
我爱你的痕迹请风再吹一遍

我为你走过的路
希望无人再走

如果你能看到我的心
就应该明白
我已成为你的例例外
我的无眠是城市的灯
那扇破旧的门后是众人的清醒

（原载《十月》2024年第2期）

痛　苦

◎柳小七

我把我束缚在这里
只能是这里
你的困境、你的沉默
书写着我们的悲歌
我相信时间不会惩罚我
美好的事物在我之后才诞生
我是罪人之前也曾是勇敢的爱人
我的爱是玫瑰的血
我的孤独不比冬天逊色

你拥有太多
时间却不停留
而我只活在你许诺我的那一刻
我只昏昏沉沉地哭
不管泪水是否从心上滑落

你疲倦了
你的双脚走向远方
你灰色的唇吻向正拥有幸福的人
我熄灭我的目光
我限制自己
痛苦不能比夜更深

（原载《十月》2024 年第 2 期）

爱是一把旧琴弦

◎龙　少

阳光照在粉蓝色的纸上
像旧琴弦演奏着年轻、饱满的曲谱
这是一束枯萎花朵的包装纸
它的蓝色，新鲜得不加掩饰
仿佛时间再次打开了自己的牧场
我是这块蓝色的边缘人

视野的旅途融化在丝绸般的午后
那因几日雨水而显得格外鲜亮的光线
游走在每一块玻璃窗上
我喜欢这样的蓝色
尽管它和外婆深蓝色的衣服相比
稍显稚嫩，但它依旧能使我陷入回忆
使思绪落在岁月的弦上
久久不能平复
我的外婆肯定也喜欢这样的颜色
喜欢此刻，阳光照着我和一束粉蓝色的纸
仿佛秋日酝酿的情调
缓慢而平静，同尘世隔着细细的纱网

（原载《诗刊》2024 年第 9 期）

深夜读扎加耶夫斯基

◎龙　少

声音深度睡眠的时刻，我们醒着
写苦味的诗与玫瑰，月光洒在窗台
它值得拥有更好的比喻，像一片空白的纸
等我们填写。夜晚的风声
是手捧星星的孩子，将我们和童年
再次拉近，那时候我住在乡间

父亲在我身旁的田里劳作
我们不知道巴赫与肖邦
也不谈论永恒
草木和羊群在我们身边老去
带走逝去的时间，像带走一滴水
天空反复抒写一朵云的童年与暮年
并将雨水还给麦、玉米和杂草
我们建起的粮仓装满沉甸甸的谷物
那时候，夜晚更为安静
仿佛时间沙漏刚刚开启自身的翅膀

（原载《诗刊》2024 年第 9 期）

在西宁

◎鲁　羊

在西宁，我看见母亲的形象
出现在意想不到的地方
出现在陌生的人群里
身体比生前更瘦，更矮小
却显得健康而灵活
面容不再憔悴
甚至变得有些白净
我看见她独自坐在行人纷乱的角落

她的形象
比眼前的一切事物更加明了
更加清晰
我看见
母亲低头整理行李
一只很朴素的背包
放在两腿之间
她途经这从未来过的城市
一言不发
漠视眼前所有的事物
而她离去的样子，安静而坚决
全部旅程都已经在她心里
如同朝圣之人
随身携带的行李
有时重有时轻
但不重要
她稍作停留
就斜斜地穿过
这里的大楼、街市和云彩
我闭上眼睛，对她说：
妈妈，愿你从此六亲不认
心里没有牵挂

（原载《山花》2024 年第 10 期）

昨　天

◎路　亚

最好的季节已来，我却扑在窗棂上
看云缓慢变形，卖弄才艺
不断画大饼，勾勒各种海市蜃楼
白鸽俯冲，我新撒了花籽
小黑和大橘，在庭院里勾肩搭背

网上，天真的人们依然在疾呼
我也哭过，怒过，甚至付出整夜的睡眠
但现在，我竟一边哀叹战争中的人们
一边虚构情诗。一边可怜皮包骨头的难民
一边吃着蛋糕。一边说着断舍离
一边在网上看直播吆喝卖羊绒大衣……

傍晚我收回神识，天平倾向于亲情
我和妹妹，一个扭了腰，一个摔了腿
我们愉快地谈了谈不会实现的旅行计划
她第三次控诉了童年的那次高烧……
岁月赠予我们枯萎和宽恕
感谢时光飞逝，我们又拾起了亲密关系

（原载“狂想之旅”微信公众号 2024-10-26）

辽阔

◎路　也

给悲伤装上轮子，就这么一直开下去吧
给孤独装上引擎，就这么一直开下去
给苦闷装上底盘和车身，就这么一直开下去
这人生不会太久，不必拐弯抹角，要笔直向前
像这穿过沙漠的高速公路一样
那些灰褐色远山光秃着，干旱得那么倔强
天空已经蓝到举目无亲了
仙人掌对它举手加额
偶有巴掌大的小镇，在茫茫荒凉之中
珍爱着自己
一列火车在远处缓缓移动
橙色车头牵引着总共一百二十六节车厢
即使如此拖拖拉拉，也可以做到永不回头
鹰把自己当英雄，飞至天空的脚后跟
全力以赴地奔向空荡和虚无
大朵大朵的白云，具有云的本色
走走停停，飘浮在天堂的大门口

大地在向后撤退，同时又向前铺展
时间和空间在速度里既重逢，又诀别

大巴车斜擦过三个州的腰，仿佛行驶在火星
太阳从左车窗翻滚到右车窗
它过分鲜艳，以至于接近苦难
地平线有更大野心，是不远不近的劫数
它在拉紧，在伸展，在弹跳
其实它是无限，无限的一半是多少？仍然是无限

（原载“乐诗者”微信公众号 2024-10-20）

另一个田野

◎罗 至

那消失了的
被她带走了的
怎么也寻找不到的
是蹦跳的蚂蚱
露出地面的马铃薯
割破耳朵的玉米叶子
拂过手掌的野风
现在在哪里
现在正在哪里
我一步三回头
怎么也不甘心
头顶飞过长尾雀

它的鸣叫声
让我瞬间惊喜
仿佛它的长尾巴
能带我找回
那消失了的
被她带走了的
另一个田野

（原载“洧水岸边”微信公众号 2024-10-21）

纽约轶事

◎吕德安

当我们相遇的时候，她正在
阴暗过道上的厨房跟房东撒谎
一边瞪着站在后花园里
我这个会写诗的陌生人

后来她望着我的年龄
从而获得石头一般顽固的
印象：我总是流着汗
像棵灰色的老石榴

不过，当我们终于携手奔走在

带拱顶的大都会博物馆
满壁生辉的走廊上
她年轻时髦的挎包丢下一根笛子

我也改变了对她的看法
而打那以后，无论生活
如何像一个继父直捣她
藏在角落里的坛坛罐罐

弄得脏水满地，还是她拖欠房租
我都仿佛看见一阵穿堂风
将她催眠，又不让她倒下——
这个我永难忘记的地下室的缪斯
秘密和见闻

现在，傍晚的街角弥漫着一股
岁末的土拨鼠的气味——
一个流浪汉躬着身
在拨弄着垃圾桶

“半个身子都进去了！”我不由得喊
但声音仅存在心灵里
童年时，每次我俯向井口
听见的也是类似的声音

岁月深奥无穷，并处处留下

可分享的感情的迹象——这让人想起
他那塑料袋似的胃口的寂静
有着我丢下石头时，那井的虚幻

而生活又是怎样奇怪地充满希望
当一阵阵厉风刮过，他
蓬头垢面，仍旧赖着不走
而我也固执地长大成人

成为今天在某家女士商店门前
等待着的中年男子。因此，亲爱的
当你竖着领子，几乎是愤怒地出来时
我已懂得立即微笑地迎上去

甚至还俯向你，耐心地
探究你深处的原因，而后
疯子似的突然咬住你的耳朵
不住地说：“我爱你！”

（原载《三峡文学》2024 年第 10 期）

云屏三峡口占

◎马占祥

传说：背着烛火的人，寻找深邃的大海

传说：洞天之内，有仙子还在人间
传说：山中有鹏，背负青天，化为绿苔
一个现代人，到山中，小若尘埃
山顶，大有气象，不见古人往来

（原载《飞天》2024年第10期）

想写一首诗

◎麦　豆

已经很久没有写诗
清晨，听见鹧鸪在窗外鸣叫
看见它站在光滑的屋脊上
不紧不慢地鸣叫。没有写诗
这件事让我愈加自责

它的鸣叫声依旧像我小时候
听到的那么忧伤。但这忧伤
不是我想到了每日重复的生活
而是我感到了时间正在流逝

前些日子，我想在诗中寻求
更多的意义，于是我停下写诗
这是一个多么愚蠢的想法

比起时间流逝，意义一文不值

我必须重新让自己写起来
就像鹧鸪再次忧伤地鸣叫起来
写和鸣叫对一颗孤独的心来说
永远是一个世界的全部

（原载《雨花》2024 年第 10 期）

最后的晚餐

◎孟醒石

晚上十点以后，地铁一号线终点站
路边冒出十几辆三轮车
卖炒饼、热干面、炸串
熬夜的文员，加班的工人，游荡的社会青年
三三两两，围拢过来
把这里当作露天深夜食堂
大雪过后，气温骤降到冰点，依然热火朝天
我也是其中一位食客
经常独自一人，深陷这烟火人间
那天，我数了数
左边有六个人，右边有六个人
恰似达·芬奇的名画《最后的晚餐》

只是没有人背后藏刀，没有人捂紧钱袋
没有人出卖谁，没有人搭理我
大家都急于在瑟缩的寒夜填饱肚子
好有勇气和热量，继续走下面的路
因为这里正处于城乡接合部
再往西走，就是荒郊野地，漆黑一片
如同创世纪之前

（原载《扬子江诗刊》2024年第5期）

万物吟诵

◎孟醒石

每天骑着单车穿行在冀中平原的田地间
躲避着泥坑、砖头、狗屎、牛粪
躲避着小锅炉小作坊喷射的火星、烟尘
车轮飞跃麦芒，少年张开双臂
平视前方，看不到未来
只能看到初级中学盖着石棉瓦的屋顶
一片灰白
唯有暴雨初晴才能望见太行山脉
在风声之上听到虎啸声
辐条旋转，一晃三十多年过去了
我已经定居在太行山脉斑斓的额头下

昨天夕阳是今天朝阳的前世
少年是我的前世
我所遭遇的苦厄
由泥坑、砖头、狗屎、牛粪、锅炉、火星、烟尘转生
幸有夕阳每日舍身饲虎
我们才能在虎口下繁衍生息
在虎啸声中听见万物吟诵《本生经》

（原载《诗刊》2024 年第 5 期）

遗 物

◎莫卧儿

你认为母亲安静的时候都在发呆
实际上并不
当你和亲戚们高声谈笑的时候
她轻轻起身进了卧室
你以为母亲在一边干活一边哼歌
就像这几十年来一样
但此刻她表情凝重
把一件件旧衣服从柜子里往外掏
暗红色毛衣余温尚存
明亮的蓝短袖曾青春满溢
地上渐渐长出一座小山

我要把它们都拿去扔掉！

母亲突然宣布

不能像你二姨，走得突然

留一大堆没用的东西让活人受累

你眼睁睁看着衣柜里东西越来越少

有什么正被一层一层剥离

马上就会露出真相

（原载《草堂》2024年第8期）

窗 外

◎南 音

从透明落地窗往外看

是你再熟悉不过的风景——

那爿老小区的破旧屋顶上，总是麇集着

成群的烟雀

有时它们受惊般突然飞走

（一把被弹射出的石子）

又像跟随着某种召唤，纷纷插进左边的

一大片密林

散发出热烈色彩的，那是栾树

在高处晾晒叶片的白杨，也能与其他的树种明显区分开来

当黄昏来临，你从某本典籍中抬头

转动的视线落向西边
几棵云杉在晚光中撑立，总能让你想到那
古老教堂的尖顶
而现在，这些平常的景致，被罗列进一首诗中
它轻如晚祷，或一个人的赞美诗

（原载“蓬｜诗部落”微信公众号 2024-10-17）

幸 福

◎南 音

整条杨山河，依然笼罩在雾中
两岸的水杉，早已褪尽了金黄的针叶
它沉默的队列，将乌褐色的尖顶举向天际

不远处，是被规划的一大片田垄
显然，冻土在太阳升起前并不会松动
但种植的一畦畦油菜，呈现出它蓬勃的生机

白杨林上，仍挂着几个鸟巢
那里，是酣睡的喜鹊？还是黑掠鸟？
一只灰鼹鼠，从草丛的掩体里探出头来
它抖落掉头顶的土粒，看到一个新鲜的
世界正在形成

但它并不知道，关于幸福的任何定义

（原载“蓬|诗部落”微信公众号 2024-10-17）

在路上

◎盘妙彬

火车上，一个人想到了罗马
道旁掠过一块罗村的竖牌，一晃，可能或大概是一秒
人间在低处，远远未到贵阳

炊烟拨开树枝，小烟囱出来
又出来一位老母亲，弓着腰，在屋檐下忙碌
她的身影是一朵云
哦，一朵云，年轻时也是这样比喻的，洁白的
变旧的过程
火车没有看到，隆隆隆，落日落了很多次

江河也有腰
分几段弯曲，忧伤是一条鱼

隆隆隆，火车叫一声转弯并非回头，这个傍晚一样
出了广西来到贵州一样

（原载《北京文学》2024 年第 5 期）

晚 祷

◎伽 蓝

暮晚如磐石
野草，从石头里
起身

蓬乱的叶脉
雨的泛音
熄灭天空的小跳

歇脚时
灰云掉在山坳里
湿了羊群的安静

悦耳的铜铃铛在祈祷
寻回下山的路
也带回牧羊人

黝黑的汉子
这样湿润
摇晃一支手电筒

他赶着咩咩叫的棉花
过小河的时候
黑雾，升上来了

（原载《诗刊》2024 年第 9 期）

月亮的屋顶

◎青　娥

没事的时候
我就去屋顶坐坐
只是安静坐一坐

这些年
屋顶太孤独了

地球忙碌奔跑
我们忙碌奔跑
没有人想起，孤寂的屋顶

没有人去安慰
屋顶的月亮

（原载“给木偶哈口仙气”微信公众号 2024-08-27）

蚌　壳

◎青　娥

晚照在流逝
光明中，我又失去了光明的一天
每一天以光诞生，又以光消陨
其中一小段，无数庸常琐屑的重复的流逝
多么美妙啊
我，一枚被流水反复浣洗的黯淡的
蚌壳
居然怀有一粒，明月之心。

（原载“新千家诗选”微信公众号 2024-07-27）

在 岛 上

◎青　娥

如果可以，我想去到一个岛上
今年七月，我们的船只
经过白莲河的那个小岛
那天，风并不大，你额前的发

蜂翅一样，轻轻颤动。那时
我们的船只轻颤着，划过一个个
阴绿的岛屿。岛上有些什么树
河心有多少小岛，我已记不明晰

只记得你指给我的那个小岛
赤黄的石头，裸露风中。我记得
有个人坐在石上，整理鱼线
另一个坐在边上，看他整理鱼线

（原载“送信的人走了”微信公众号 2024-10-22）

致

◎秦雪雪

我必须做一个负责任的人
月季还没有谢
我已经忍不住想你
三次

在想象中
我已经见过你至少七回
不是彻夜长谈，就是相拥

而泣

可我其实既不相信炉火
也不相信灰烬

作为一油盐不进的人
我不相信眼泪

这该死的工作
这迷人的人间

哦，让我们
一起等一辆火车进站
再目送它离开

（原载《创作》2024年第5期）

松阴下

◎晴朗李寒

走累了，随意坐到一棵
高大的松树下，
衣带散开，
接纳清风抚慰，绿荫浸润。

枝头松果新结，
尚显青涩，懵懂。
旧年的松塔发黑，硬壳开裂，
籽实都已送给了
松鼠、鸟雀和大地。

松脂的清香多么醉人，
松针的纱帐多么细密，
七月骄阳似火，也奈何不得，
漏下的斑斑点点，
像是散漫写下的文稿，
未及修订的诗句。

鸟鸣悦耳，蝉唱随心，
水畔传来的几声蛙鼓，
像是清寂的佛殿里，
一个打瞌睡的小沙弥
不小心碰响了木鱼。

没有比这再舒服的床榻了——
泥土松软，温热，
牛筋，稗子，地锦，蒲公英，
各色野草铺陈，
蛇莓闪烁点点红艳，
何况还铺着一层金黄散落的松针。

此刻，尘嚣远去，
四下里无人，
只有这身疲倦的骨肉，
在松阴下安放。
管不了那么多啦——
且自顾安然睡去，
天下没有什么大事值得操心。

（原载“晴朗文艺书店”微信公众号 2024-08-25）

山村之一：野狐水

◎髯　子

好在有一群人还生活在这里——
牧羊人，在山梁上常常也被羊群放牧
耕地的人，与麦子、糜子一起拔节、抽穗
一茬庄稼，也是一年生死
好在高速公路自村前通过
不时有汽车快速而来，又快速而去
在人们的眼里，速度
呈现出各种具象和颜色，看不见的
气流漩涡，正改变着风的方向
好在高压电线自村旁通过，粗犷大地

仿佛一把巨型琵琶，银色的电线敏感
偶有几只山鸦以爪挑弹
发出颗粒状的雨声，也发出低沉悠长的风声
——电流仿佛撒过佐料的汤汁
每一只灯泡，都发射着麻辣醇香的光芒
好在有一眼泉水从地下涌出
不间断地倾诉着，水的语言
清澈甘洌，人们
以土壤般的干渴吸收着
草木以儿女般的饥渴吮吸着
好在牛、马在这里还有活干，有草料吃
好在狗的自由没有被铁链、绳子拴住
好在公鸡还可以发出细长、古老的叫声
好在有一个老人，背负一百年的岁月
把一根人生的皮绳拉长、拉细
却还没有拉断

（原载《草堂》2024 年第 9 期）

残颓的雕花老床

◎人　邻

两百多年了
如今它袒露着

曾经的锦绣馨香哪里去了
这山林的清晨
阳光普照

我仿佛听见一对夫妇依偎着的呢喃
听见低低回荡着的他们的欢愉
那被褥和身子啊，又轻又暖
对得住缤纷的时光

我还仿佛听见女子刚刚推开窗棂
流水哗啦，清凉的梳洗
听见女子进了灶间
火苗滋润的呼呼声响

多好多美啊
一张床老了，完成了它的古老梦幻

（原载“一见之地”微信公众号 2024-08-30）

一只蜜蜂如何理解了玻璃

◎人　邻

一只蜜蜂如何理解了玻璃
它于虚无之处进来

还想于虚无之处出去
明净之处，奇怪的阻止
左右移动的透明的阻止

它翕动着翅膀
纤细的足，急躁也耐心
一只蜜蜂就这样理解着玻璃

这奇怪，蜜蜂不知道的奇怪
蜜蜂只能滑动着找寻
滑动着外面的风景
滑动着满地的野花，一次比一次
紧张而清晰

（原载《飞天》2024年第10期）

在咸祥小酒馆

◎荣　荣

要喝多少次酒，生面孔才熬成熟客，
像酸菜熬过了白肉，韭黄熬过了鸡蛋。

他的强迫症里有老位置与家常菜，
几帧摇晃的画面和反复的伤感。

有他不断地纠正、羞惭，
他的努力向上和不间断的下坠。

被理论教傻的孩子摔着现实的跟头，
看她委屈的下唇吞咽着上唇。

在那里，他再次被几杯酒顶着。
也许还能计算，再有几杯能回到从前。

（原载《诗潮》2024 年第 9 期）

不惑之年

◎沙　马

不惑之年，我选择了一块空无一人
的荒地，开始勤奋地劳作
久而久之，荒地，在荒野里获得独立

从第一粒大米出现的那天，我就有了
新的思想，喊来新的
同志一起劳作，一起穿过物质的黑夜

很多年过去了，这里成为我们新的家园

有了阳光和果实，有了女人
和孩子。一天天，这里的墓碑，也那么漂亮

（原载“新诗简”微信公众号 2024-09-01）

少 年 游

◎商　略

金鸡菊开放
在每一天的灰烬中
河面填满
火焰的余温
柳条垂挂
每一片新生的叶子
是我和过去之间的栅栏
铁路司炉工人
隐居于四楼花房
对于夜晚
他没有多余的燃料
这一天冷却后
再没有力气把它烧暖
河道尽头有一座山
夜色和飞蓬
从山坡缓慢升起
少年时我曾攀上山顶

去看背面的白昼
和被大风吹得
颤抖的星星

（原载《诗刊》2024 年第 9 期）

合 唱 团

◎沈　苇

合唱团里没有合唱
只有电钻声、孩子的低语
一群灰鸽子觅食时的扑棱……

铜器的敲打声
从早晨六点就开始了
“……破了的鞋，镣铐
被套在鞋跟上……毫无意义”
生锈的鞋钉，钉入
小巷的斑斓、破败

阿巴斯用诗人的眼光
拯救日常和细节
于一团凝滞的虚无
加入一点摇曳的光

礼帽下爷爷的风烛残年

变潮的火柴终于划亮了
一小杯加了方块糖的红茶
开始轻轻摇晃……
——被马车驱赶的残年
掉了一个鞋跟的残年
孩子们的呼喊就是慰藉大合唱！

（原载于《文学港》2024 年 9 期）

我们在黑暗中

◎沈浩波

各自茕茕孑立
我看不到你的面孔
你也看不到我的
愤怒没有形状
悲伤并无意义
手中凭吊的蜡烛
很快就要熄灭
怯懦是我们的罪恶
恐惧是我们的命运
谁若甘心于此

就不配活到天明

（原载“一见之地”微信公众号 2024-08-26）

远　去

◎石　兵

视野中，一些远去的人
肩头微微抖动，背影充满疑问
一些隐秘的伤疤，阳光一搭
就剧烈地颤栗起来

他们还有，一双隐没于大地的腿脚
以及，一个歪歪扭扭的影子
时而在左，时而在右
永远在下方，低着头

我已被他们抛弃，自从
不在他们身后亦步亦趋
他们谈起我时
会先发出笑声。这笑声
像路边树下，一团团漆黑的阴影。

（原载《山东文学》2024 年第 9 期）

秋日曲

◎霜　白

这个月我参加了两场葬礼，
又出席过一场婚礼，
悲欢在两头毕竟是别人的生活。

这一年过得无惊无险，不好不坏，
有得有失，聚聚散散，
终究是“寻常”。

这几年愈加怀旧。太多交集过的人，
常常出现在梦里、追忆中，
太多的人已失去联系。

像花成为落花，叶子成为落叶，
这一生经历的人事，
都有共同的去所。

我爱这萧瑟，这独属于秋天的真实，
空气里响着万物的脚步声，
如我伏于人世之根听到的脉搏。

（原载《当代人》2024 年第 9 期）

我们一直没有战胜孤独

◎四　四

几乎要毁掉我们的喜好，以及勇气，以及忍耐的品性，
以及专注的能力，以及中年心境下逐渐萎靡的激情。
廉价的寂静光影般浮动之时，再次翻开那本厚书——
《不完美的一生》。是的，由于懦弱，我们一直没有战胜孤独。

沿着时间的迷宫返回到多年前的雪夜，我们，醉酒，风，战栗……
那时，我们有足够的勇气建立一座被我们期待并美化的城池——
那时，我们热衷于创造和细节，以虚为实，以少为多……
如今，那座从虚无中诞生的城池空无一人，既不倒塌，也不燃烧。

细碎柔美的光亮像节制的抒情音乐，它们侵入，在房间内弥漫，
更远处的山峦不能被照亮，而我们内心更汹涌的孤独也不能被慰藉。
是的，一日又一日，一年又一年，它们一直不曾停止生长——
在一个不确定的应许之地，我们活着，一边懊悔，一边思考。

白纸上那个用碳素笔画成的黑洞，多像庞大的谶语——
我们一直没有战胜孤独。所以，我们要继续画下去……

（原载《诗选刊》2024年第10期）

而我没有比前一天更加爱你

◎四　四

如今，顽固又甜蜜地留在我心里的还有什么？
沿着黑暗又悲伤的方向，
疑虑一天比一天愈加沉重，
而我没有比前一天更加爱你。

爱情像个房子，
经由我们建设，又被我们损坏——
第二年，或者第三个月，
我们不约而同地感到枯竭。
亲爱的，我不能引领你，
也不能为你开创乐园，
我们以铁石心肠抵御沉闷和平淡、误解和厌弃。

其实，爱情是一门关乎绘画的艺术，
它是热烈的，也是清冷的；
它是多变的，也是永恒的。
它不是潮流的附随物，
既不顺从，也不委曲求全。
我们热衷于捉迷藏，
一边寻找对方，一边寻找自己。

而我没有比前一天更加爱你，
时光是个狡黠又虚幻的宠物，
而我们越来越老。

（原载《当代人》2024 年第 8 期）

取　水

◎宋　琳

井还在，但人所依赖的琼浆已变质，
我们喝苍山的水。在覆盆子和铁角蕨的叶子下
黑龙溪、梅溪、桃溪汩汩流动，
林子里，白腹锦鸡走着，像一位公主。

传说无为寺的山泉能治瘟疫，
拎着桶前来排队的人络绎不绝。
鸽子如斋饭后的胖僧，挨在一起，惺惺着，
几只兔子神情诡秘，似乎夜里真会出来捣药。

瀑布更细了而白石溪里的石头既多且圆，
傍晚，一个农管模样的人跳过乱石滩到对岸去。
我们在山上看到蜂箱，下山取水时
又巧遇养蜂人，并带回了那意外的赠礼。

（原载《作家》2024 年第 9 期）

有　时

◎宋　尾

有时难以分辨的是
我究竟在自己的哪个房子
我在房子的哪个空间
在空间的什么时间
有时我分不清楚
此地与彼地
有时我会同时居住在
众多的生活里面
我混淆了我的存在
有时我不确定
此刻的我是全部的我的哪一部分
我是一种真实这毫无疑问
但虚构的那个我
被匿藏在哪儿
有时我在房间里
凝望着窗外
而我很可能就在
他眺望到的那个地方

（原载《湖南文学》2024年第9期）

小场景

◎苏历铭

这些年来
脑海里经常浮现童年的一幅画面
父亲骑着自行车，载着我
前往城西的旷野
那天雨后天晴，清透的天边
燃烧着一朵朵火烧云
把天地之间的稻田
映照成一篇童话

土路的坑洼把我的屁股
颠得一阵阵地痛
我却不敢分神
从来没有见过绝美的场景
生怕一眨眼，美景消失
重新回到贫瘠的生活

半生已去，算是见多识广
却再也没有遇见震撼心灵的场面
我开始怀疑
那个场景本不存在，不过是

童年做过的一个梦

（原载《诗刊》2024年第8期）

空房子

◎孙　梧

究竟是什么，屋顶的野草一年又一年旺盛
究竟是什么，一只燕子在杂树的掩映中
飞起又落下

我看着它，像是看着旧日的黑白情景
在时间的罅隙里转成彩色
然后变成模糊的，草屋的轮廓

就像我在写到尚未倒塌的草屋
曾经父母搂过的棉被、八仙桌吃过的饭、一只小狗
与一盏煤油灯
一次次靠近，一次次交融，一次次消失

每一次都有空荡荡的情绪，让我变成那只燕子
从泥草中起身
背负着草屋
在土路上凝望尘世。满眼都是苍苍白露

（原载《诗选刊》2024年第8期）

星光照着涛声洪亮的大海

◎谈雅丽

鼠尾草散发清香
栾树高悬红灯笼
九月，天鹅沿着黄河故道飞行
夜色深重，但有星光照着涛声洪亮的大海

海伦说，我们应该有不被人打扰的寂静
集市上的牛群，满身泥泞地走着
我是那个挥鞭的行者
大风刮过堤坝一群羊的身上
河滩的芦苇齐刷刷地倒向南边
我是那个站在背风口的牧人

我感受自然的哲学，混合人的失控
我一向多虑，我端起玻璃杯
饮过一口咸腥的海水
我是那只拱背游泳的海豚
我是那只驮梦飞行的红嘴鸥
我是那只在沙地上爬行的小螺

我沉默无语——

我只剩下一小块作为人的、洁白的良心

（原载《诗潮》2024 年第 10 期）

落日西沉

◎谈雅丽

树林，青山，稻田，站台
火车为一晃而过的事物命名
湖泊倒映在快速移动的光影里
铁轨穿过落日西沉，重峦叠嶂

我在光的隧洞里穿行
我不是在成长，而是在倒退
重回到时间的原点，瞬息移动的大地
只有风在树丛中发育
又在渐渐熄灭的大地上重生

“我记住的一切，就都是我们的了”
峡谷里的溪流在干涸
只有我记得河底的卵石
青山深处的小镇不见了
只有我记住屋后的水井

我们驶进这波纹荡漾的绿山海
苔藓有了新的表情
铁轨边兀自开着杜鹃，猩红艳丽
如果没有人参与这热烈的燃烧
一切该有多么寂静

（原载《诗刊》2024 年第 10 期）

癸卯大寒，霞浦大雪记

◎汤养宗

天上来人了，随身带来药粉、经文、劝慰
想起用铁钉扎进耳洞的徐渭
而欧洲那边，梵高干脆割下了耳朵
都说是英雄失路托足无门，不相信
就是不相信
今天，天上的话语与地面的耳朵
再次乱掉，我再次听到
“你就是丢失的那个人”
一场大雪就是对时空的再植入
远处的南京变成了金陵，西安也成为长安
我的小城霞浦一转身又回到了福宁府
你我在雪花里都混入了

与古人说话的共时性
皑皑天地里，我显然也是个污点
被挑明，墨汁一样在移动
这回，我要好好做人，去长安，也去福宁府
去江山深处，不认输地
从人间，再一次去人间

（原载《山花》2024 年第 8 期）

混成了这模样

◎汤养宗

“从要变成连自己也不认得的程度
到自己也不敢认领的摧毁”
——你怎么混成了这模样？
多年后，一只土拨鼠见到了另一只土拨鼠
才知所有游丝般的空气都是刀刃
开头只想挖一个洞，后来却串成了
十个穴，从这头进去的
本来是穿山甲，出来时变成了鸭嘴兽
众多虚实莫辨的构成中
你天命难违，吃了时光里最可口的迷幻药

（原载《山花》2024 年第 8 期）

青柠凉粉

◎唐呱呱

妈妈说：“现在回来还能看点油菜花，
李子花。到了谷雨，就退完了。”

阿尔木古右手推拉着风箱，
左手往灶孔添递着一把把竹枝，
竹叶噼噼啪啪说着壮烈的话。
火精彩地燃烧着一个悠长的午后，
水在耳锅里换着姿势游泳。

妻子把铁盆持在空中，
把白白的浆水像长发一样披垂。
妈妈拿着木铲快速地搅动，
脸上蒙一层细汗，
如同抖动的蛛网结着闪亮的水雾。

妈妈把煮好的浆糊分给碗盏，
翻滚的晶体冷却中获得一种形体，
等待被切成软软的金条。
妻子捉住一只只青柠横过来，

让每一个切片体内都开出一朵花。

妈妈转动身子溜边把锅巴铲起，
捡出焦黄黝亮的一小块。
阿尔木古思考着火短暂的一生，
吃着像往事一般的锅巴，
看着水雾的背后爸爸抱着外孙女。

被遗忘的麦地带着它成熟的金黄，
回到阿尔木古平坦的脸上，
就像黄昏的鹂鸟跳回黝黑的树枝。
半岁不到的女儿专注地看着灶台，
看着几个人费力地煮着晚餐，

黑黑的眼珠里两朵红红的火苗。
爸爸说：“木古，就在山上住几天。”

（原载《青年文学》2024 年第 8 期）

奶奶，麦子熟了

◎唐小龙

奶奶，麦子熟了
门前的，山坡上的，水塘边的，都熟了

银杏举起了自己小小的火炬
如此灿烂，又如此安静

秋天很快又回来了，许多风景不会出现了
我行走于此，河水在月光里滑动
一个人的忧伤有说不出的美丽

我看到许多白色的石头
白色的水汽依旧足以穿透脚趾
我突然觉得：他们点燃旱烟的姿势
还在那里

不会再有人收割了，奶奶
我把一节麦穗含在嘴里
像您当初那样，从麦地走到田埂
又走回去

（原载“望他山”微信公众号 2024-08-17）

长江每天从我身边流过

◎田　禾

长江每天从我身边流过
从我生活的这座城市匆匆流过
浩淼的江水把一座城市

三分天下：武昌、汉阳、汉口
还分出江南和江北
我的朋友从江北过来
淋湿在江南的烟雨中

江南涨水时，江北也在涨水
但江南下雨时，江北不一定下雨
而风是散漫的，一直从江南
吹向江北，或从江北吹向江南
只有下雪天，两岸的雪下得最均匀
只有江水日夜奔腾不息
我不知一滴水一生走了多少路
一江水到底养活了多少人

两岸的码头依旧拥挤
每天总有那么多人坐轮渡过江
在汉阳门一眼就望见江汉关的钟楼
像一座泊在岁月深处的古船
江水到这里似乎加快了它的流速
我远方的兄弟坐着一条长江
来看我，流水走过的过程
把整条江又丈量了一遍

水从唐古拉山脉流来，瞬间流走
我从来没看见它停下来歇脚

（原载《汉诗》2024 年第 1 期）

灵　隐

◎童作焉

沿着山路转了几个来回，类似尘世间某种
原地踏步的跋涉。十二月的林木
朝着我的身后快速褪色，枯黄的枝干上
一圈圈刻下了我们来时的纹路。

我与万千神像一起，凝视我，
以及叩首时我的另一个倒影。
我有万千悲喜，有万千烦恼，
如佛前燃不尽的檀香。

火苗快速地跳动着，在那些灰烬里，
剥离了倒影的我，还留下些什么？
像一遍遍临摹却终究写不会的经文？
像一遍遍擦拭却终究拂不尽的灰尘？

日暮的霞光穿过烟雾缭绕的林间，
照进我内心的庙宇，再拆除它。
飞来峰上奇石犹在，许多的鸟鸣声，
在喧哗的人流中此起彼伏地闪现。

万物仿佛都在回答着我的叩问，
这里面似乎混杂了我自己的回声，
从飞鸟散尽的山谷间渐次浮现出来。
我举起了一根蜡烛，却没点燃它。

（原载《诗刊》2024年第9期）

阮郎归

◎汪　洋

落花狼藉酒阑珊，笙歌醉梦间。

——李　煜

夜宴里响着彻夜的笙歌
人民的声音还是太少了。我也有难处
弱国无外交，一旦边关告急
虚张声势的江水就会露出软的骨头

一支笔根本刺不出凶狠的一剑
南国熏风满面，美人偏安一隅
记忆中的那些风亭水榭，如同遗址般清冷
你看，斧钺上都锈出了瓣瓣桃花

（原载《湖南文学》2024年第8期）

最美

◎王 妃

没有最好的年纪可以有最好的遇见
没有花的容颜可以把莳萝揣进怀里

不在雨里奔跑但沉迷于观雨
不在落叶上写诗只写叶落的诗

下雪了就让它漫无天际随心下吧
不踩踏不打雪战更不再想着去堆雪人

一对老人依偎着在灯下窗前静静看雪
没有最坏的季节因为有温暖的光

（原载《星星·诗歌原创》2024年第6期）

雾

◎王 妃

仿如丑包子店厚实的布帘子
我急切地，想一头扎进去

在帘子的那端应该是温暖的吧
刚捱过寒夜的人
总有不切实际的幻想
看什么都像冒着热气的豆浆、包子

可是面前，只有干秃的樱桃枝条和
枯黄的阶前草——
我们都在虚假的沸腾里蒸煮

迎面木着脸的老妪
在镜子里展示我的未来老年生活
她的小泰迪裹得像个肉粽
吠声似笑似哭

（原载《诗歌月刊》2024年第6期）

成人教育

◎王单单

送儿子上学的路上，必须经过
山海湾——昆明最贵的楼盘
门口站着无数临时工
等待雇主来挑选

以前这儿尚未开发
他们站在荒地上
就像待在自己家村口
现在他们满面风尘
站在精致的城市里
像一些无家可归的流浪者
我对儿子说
你如果不努力
以后就是他们中的一员
儿子回答：
“他们已经很努力了
不然谁会那么早
站在寒风里”

（原载于《文学港》2024 年 11 期）

静 止 的

◎王唐银

松树林就在身后，那么多年
它细微的叶子，也不能提供给你
发光的落叶

那本旧诗集，也有一片隐秘的小丛林

这些年，你把它抱在怀里
你抱得那么紧，那些美妙的枝丫
还是越长越大

但它的茂盛是静止的
此刻，你坐在轮椅上
你也是静止的，世界是静止的
静止的傍晚，母亲把你推到那片松树林
远山如黛，夕阳坐在
群山的轮椅上

松树林没有声响，它用一贯的沉默
回应你的全部心跳

（原载《飞天》2024 年第 8 期）

草坡滑梯

◎王彤乐

她坐在滑梯口，就要回到
最初的光里。那是一个亮晶晶的下午

青草淡淡的香味溢出了这个世界
红色的滑梯上聚满了小孩

她滑下来，感到阳光也洒下来

“是爱哦”。她坐在草坡上
听那些甜稚的笑声。爱是无可替代的
爱是兔子软乎乎的耳朵
爱是拥抱时急促促的呼吸
爱是阳光暖暖地照着

童年的她站在滑梯口
满脸通红地排队，一次又一次
滑到金灿灿的草坡上
直到日落金山，直到金星伴月

（原载《草堂》2024年第9期）

有地方疼

◎王小妮

不确定在哪
但是疼
那痛点时而散开
时而紧缩
但是是疼
有时候像是能忘掉一会

但是一定会疼
无时无刻不在的金属
磨损这身一碎再碎的骨头
所以你认识她吗
你认识我吗
你认识你自己吗

（原载《江南诗》2024年第4期）

雨里抱快递的父子

◎王小妮

那父亲怀里
抱的是酒精还是酒
那孩子抱的是酒精还是果汁
晃晃荡荡的不过一些液体
父子俩头发都湿了
估计那孩子只有三岁
看起来那么小
可是，那父亲
为什么他紧抱的不是他的孩子
他的上身为什么
不是紧贴那团水灵灵的肉
雨不大不小

淋着所有人露在外面的上半张脸
看上去特别特别伤心

（原载《江南诗》2024 年第 4 期）

雪落下来

◎吴玉垒

一夜之间，大雪刷白了冬天
安慰与遗弃，各有各的灿烂
少女们的春天，总是提前上演
这广大的尘世，谁是下一个热点
在我背后，有人赞美
我能想象他眼角眉梢的得意
有人诅咒，用刚捡到的皮鞋
他的不满，更像是对大地的表白
但雪是无辜的，从没想过
落草为王，占山为寇
只是雪一样落下来，落下来
把沟壑与陷阱，粪堆和坟茔
一股脑儿埋入另一个朝代
一如曾经的你我，不顾一切
成为“我们”，你看
这比真相还让人不敢直视的白

正委屈地抱着太阳泪洒人寰
顺便，也把我们迈出的每一步
作为污点一个一个记录在案

（原载“新时代作家诗人风采”微信公众号 2024-08-17）

立秋之日

◎吴玉垒

爱过之后，才是秋天
今日之后，草木才叫草木

那时蝉鸣近在云端，那时真相远在眼前
闭目养神的老者，内心依旧夏天

我是滞留此生的赶考人
恰好滞留在秋日的门前

偶尔有燕子飞过，依稀是
前世一同赶考的秀才

一年过了大半，襁褓中的婴儿成了少年
不久之后，他背后的绿叶也将离开枝头

想不起曾对春天说过些什么
想不起在刚刚过去的夏季做过些什么

钥匙插进锁孔的声音提醒我
晚餐的时间到了

（原载“远方读诗”微信公众号 2024-09-13）

它是什么鸟

◎诗 / 吾斯曼江・买买提
◎译 / 麦麦提敏・阿卜力孜

它是什么鸟，拒绝像箭矢那样
被盲目的欲望所左右？
取暖时不知不觉飞进自身
并像体内的风一般四分五裂。
它是什么鸟，飞往石头
越飞越低，并变得空洞？
在云彩的理念之前，
飞跃，腾空，像螺旋，像弧形。
它是什么鸟，当飞往树林，
宛若水一样完全睡醒？
由于自己的徒步，动作迟缓，
被困于意义的陶罐中。

它是什么鸟，燃烧如黑夜，
而植物在它的周围如此茂盛？
若它在爪子上涂着盐哭泣，
就很容易抓住它的身体。
它是什么鸟，我也不清楚，
可它是在我的眼前长大的。
没有头，没有脚，没有中心，
没有话语……
它就是这样的鸟，制造着翅膀……

（原载“一见之地”微信公众号 2024-10-11）

好像什么也没有发生

◎西　川

每个人的时间都在缩短：
衰老。疾病。一天不等于另一天。
我和别人吵了一架，在街上，
但好像什么也没有发生。

好像阳光不是直直地照射，
好像远处的叫喊只是幻觉，
好像风声只有和尚能听到，
好像什么也没有发生。

手凉脚凉时，坚持余温即是大事。
错愕也等闲，糊涂也等闲，
我和自己吵了一架，无人看见，
好像什么也没有发生。

（原载《花城》2024 年第 4 期）

花　园

◎夏　午

我的花园建在城郊的一片废墟上。
风吹着它的南墙。
雨淋着它的屋檐。
太阳直直地照射着它的门楣。
霜雪每年来浸染它被雕花镂空的小窗。
我的废墟上，有这样一座花园：
它不为完美而存在。

（原载“一见之地”微信公众号 2024-10-14）

忽　然

◎小　引

忽然觉察到了寂静

当萤火虫飞舞

当蟋蟀开始低声诉苦

在山顶，无所谓幸福和悲伤

当凉风吹过肩膀

你刚好把想说的话说完了

接下来是沉默

接下来是乌云遮住了月光

接下来是黑暗中你一直微笑的遗像

（原载《诗歌月刊》2024 年第 8 期）

霜降

◎秀　枝

一生中要历经多少次寒冷

才使青葱转为枯槁，稚嫩变为深邃

此刻，我们和草木一道消瘦，沉默

像平静的河水不再喧哗

蜿蜒而去，不生涟漪

霜降时节

假如我没有与故乡的亲人一同割稻

我便羞于吟诵，谈论劳动和收成
假如我未曾在春夏埋头耕耘
我便羞于写下秋天，甚至流泪和抱憾……

（原载《绿风》2024 年第 2 期）

一个人的告别

◎徐　晓

让我拥抱你，倾听你的破碎
当交流发生，孤独才真正显现
相比于纠正那些无形的恐惧
任凭失落肆意沉溺。这一切都将消失
在生活的角落，你如此沉默而勇毅
关闭了幻想的禀赋
让我走进你，成为你，饮下你正在
承受的苦痛。让我在你的身体里
将你重新诞生——
此时你微微垂首
像一朵盛开过的雏菊
有一种不忍的告别之美

（原载“徐晓的菜地”微信公众号 2024-08-22）

补　药

◎许泽夫

山里的娃子
糟吃糟长

饿了，啃几口山芋或野果
渴了，喝一捧塘水或山泉
头疼脑热
扯两把山上的草药
加上牛粪、文水
在老祖母殷切的蒲扇下
趁热
捏着鼻子一口气灌下
疾病便好了七分

而最好的“补药”
莫过于父亲的巴掌
说了不该说的话
做了不该做的事
父亲二话不说
抡起笆斗般的大手
“啪啪——”扇来

脸上或屁股上

顿时烙上五道血印

巴掌这种“补药”

药效很长

往往会持续一生

（原载《中国作家》2024 年第 8 期）

该回家了

◎许泽夫

年迈的父亲常站在阳台上

望着望不见的远方自言自语

该泡种子了

该开秧门了

该锄草了

该开镰了

雪白的病床上

父亲说的最后一句话是

该回家了

在合肥住了五十年

父亲，你的家自始至终

在泡种子的地方
在开秧门的地方
在锄草的地方
在开镰的地方

（原载《中国作家》2024 年第 8 期）

鹤之弯颈

◎薛松爽

水塘的反光里
直立之鹤，咽下刀尖般的鱼类
一只，两只，三只……

而我曾在深夜
看见黑色柏油马路上耸立成形的一只
看见垃圾堆上翻检胶套和纸屑的一只
看见叼出头颅硕大四肢娇小物体的一只

在白日，天空的深处
那只鹤伸直了铜管般的脖颈
吐出了一腔长鸣——
它将婴儿和悲鸣吐了出去！

（原载《诗潮》2024 年第 8 期）

逝　世

◎雪　弟

今年，我们乡下
有个人死了

死了就死了
多寻常的事啊

可这个人的死不寻常
他被说成了——逝世

多少年了，我们乡下
没一个人用过这个词

（原载“诗同仁”微信公众号 2024-10-22）

所有人还念着早已丧失的故乡

◎玄　武

这个秋天依然散漫

地上放着的事物都凉了
房间阴冷地打量着写信的人
他依然不合时宜

夜间虫鸣已不能耳遇
相互覆盖的落叶，不能相互抚慰
所幸仍有愤怒的大风
霜花冷得激烈，插入时间深处

这是平庸而深情的秋天
所有童年晦暗，青春放逐
所有人还念着早已丧失的故乡
期待在每个陈旧的清晨醒来

我梦见大风中山脉晃动
其间闪过的面容。记下了它

（原载《花城》2024 年第 4 期）

大　凤

◎闫宝贵

大凤是我家对门的一个女孩儿
从小就心灵手巧

我用狗尾草编扎小动物的手艺
就是她手把手教出来的

那些年我们没有布娃娃和花皮球
就在山坡上用触手可及的狗尾草
编扎多姿多彩的童年

我们编了很多很多小动物
满意后，就拍拍它们的脑袋
让它们奔跑、撒欢，甚至开口说话

后来，那些小猫回到了村上
看守粮囤；那些小猴去了马戏团
当上了演员；那些狐狸
去了深山，繁衍着自己的族群

我给大凤编的那副手镯
当年被人换成了金的
从那以后，大凤就成了另外一个人

（原载《诗庄稼》2024 年冬卷）

大 雪

◎严 寒

寺庙建在山顶上

寺外有五棵千年的银杏树
两条狗躺在
大殿前的石阶上，晒太阳
它们躺了很久，身上落满
金黄的树叶

我坐在石阶上，阳光很暖和
这种感觉让我安宁
我在这个世界上不拥有任何东西
财富、时光、天空……
还有脚下的方寸之地
都不属于我
我和它们一样
都是这个世界的寄身者

想起几年前
我来白云禅寺
那时是冬天
雪落满山顶和寺院
两个僧人出门担水
一个摔倒了
水桶滚入山谷
发出“空通空通”的声音
那声音响了很久
好像永远不会停下来

（原载《诗刊》2024 年第 8 期）

有时候地球会转慢一点

◎燕　七

站在雨中张望的人
被雨水淋湿
他们的心
也曾棉花一样洁白柔软吧

有时候地球
会转动得慢一点点
等着伤透心的人
重新爱上这个世界

（原载《中国作家》2024 年第 8 期）

读　诗

◎燕　七

野蔷薇在风中晃动
读着自己写的诗
枇杷成熟了

大朵的无尽夏盛开在庭院

一匹马在草地上低头吃草
另一匹靠得很近
爱而不得是一种折磨
得到了是另一种

如果没有我们
这地球会多普通
和无数漂泊在太空中的星球
又有什么不同

（原载《中国作家》2024 年第 8 期）

秋天的样子

◎哑者无言

想给你打电话，号码拨到一半
又轻轻放下。想想此时
老屋后的柿子树又多了一些枯枝
但依然努力挂果，像是在
等待什么，又像要证明什么

夏天总会过去，就像你说的

不要急，一切慢慢来
城里的栾树开花了，整整齐齐
洒落一地金黄，漂亮的蒴果指日可待
形容词比喻句都比乡下方便得多

多好的季节。我们似乎一直在等待
同一件事物，又好像不是
昨日下班归来，我听到
身体里骨头碰撞的异响，恰似
当年的你。我知道我们迟早
会在同一条河流中再次相遇

对着夕阳，让身体微微前倾
这相同的弯腰的样子——
很多年前，你还年轻，我还小
我们从秋天的田里归来
那时玉米硕大，黄豆饱满
我跟在你身后，还是听话的少年

（原载《上海文学》2024 年第 8 期）

老家的月亮

◎杨　角

我说的月亮

是宜宾县白花区集中大队的月亮
它从隔壁生产队邓银才家
屋后的翘檐上升起，有着淡淡的雀斑
但比电视和书本上实在、好看
我见过长白山的月亮
也见过鼓浪屿、张家界、折多山的月亮
它们都不及老家的月亮。不会在
母亲去后阳沟抱柴火的时候，一路跟随
不会在母亲进入灶房后，仍站在屋外
母亲入睡，她也不会像
早年夭折的五妹
独自照看着月光下的山坡

（原载《青海湖》2024 年第 8 期）

在 射 洪

◎杨献平

每一次来我都低眉垂首：陈子昂于此
后来者皆卑微。武东山上古柏
宛若书童。俯瞰涪江之上，世事流波
我只能不断背诵
“前不见古人，后不见来者，
念天地之悠悠，独怆然而涕下。”

也只能在他墓前下拜
凝视苍天，流云飞纵，有一些白昼
也满心夜色，有一些人
杀掉时间，在更多人心头巍然安坐

（原载《诗刊》2024 年第 10 期）

十月之诗

◎叶　琛

此刻，我想与谁说
十月的水边，慰我有丹桂
这就够了

一切仿佛都静止地钉在桂花树上
轻盈的慢、古老和值得温故之事
都开出了细碎花朵

草木瑟瑟
你说保持一点柔软会让人显得年轻
枯萎之词仿佛瞬间找到了
向无限走去的路径

时光不那么潦草，秋风也不岌岌

规则的日常却在独处中膨胀
神秘地赋予摸索着我，磨损着我
月光的注视也将束于衷肠

对于远方，我从不希望被引领
我有一堵墙的疆域可供所有孤独驰骋

（原载“一见之地”微信公众号 2024-10-21）

遗志：兵马俑祭

◎叶延滨

泪水猛地涌入我的眼
浸泡着士兵的悲哀
没有哀乐，乐声冷凝为一坑黄土
祭奠这支战败之师

兵马不再萧萧，战车不再辚辚
然而军威仍列阵肃立
号角哑于耻辱，旌旗焚于苦痛
扫荡八荒的雷霆之师
竟在皇权僵尸的坟茔
写完其辉煌军史最后一页
缴械的结局

剎那间，血枯，心熄
征伐与奔突的骁勇何在
无畏与剽悍的军之魂何在
血肉之躯变为泥胎
列国诸侯曾臣伏于马蹄下的黄尘
烽火台燃尽军中的鼓乐
开国之师，定邦之将，守土之士
华夏民族崛起的锋刃
饱含血汗胆气军魂
殉葬于专制与残忍
——兵马俑千年无声

以媚词刻于竹简的英雄史
无丹心可照，愧对子孙
奴隶以泥土饱蘸的愤慨啊
活在兵马俑的形骸

扶起在耻辱之箭中
歪倒于俑坑的将士
在永远不闭的眼睛里
有超然于岁月之上的军魂
列队列阵，再次崛起——
守卫奴隶创造的艺术
守卫重见天日的军魂

只是不能再次出征

剑戟锈蚀于血泊沼泽
无号无鼓无旗的军队
森林般植根高原黄土

军魂不死，不死军魂
月月擦亮十五皓月一轮
照千年军人责任
照百代军人命运
秦王朝倾也，阿房宫如梦
只有士兵的痛苦与雄风
与土地同在，与民族共存

揭开黄土的泥封
历史不是一坛陈酿老窖
兵马俑乃立体宣言——
用艺术写下一篇
军魂史

缴械于皇权墓陵
这支令千古悲叹的军队
羞煞浩瀚史书万卷！
军魂不朽！艺术长存！
看一名华夏子孙
正以军人的五指并拢
向俑坑，致敬行礼……

（原载《特区文学》2024年第8期）

永远童年的宇宙

——汉新莽天象神话壁画墓

◎叶延滨

铁剑残戟躺平了
用铁迹告诉我们
墓主人曾是一位武官
（两面铜镜提醒我们
墓里还有他的夫人）
这里不是兵营——

多辉煌的艺术殿堂
在墓壁、在穹顶、在立柱斗拱间
复制一个宇宙——
金星，一只昂首翘尾的白虎
木星，一位形如枯木的翼人
水星，一条虎首蛇尾的风兽
火星，一个鸟头人身的火神
扑入眼际的
有龙有凤有虎有豹
有祥云缭绕

人呀多么奇怪的生灵

告别天空
埋入黄土
仍用彩笔将天空引到身边
悬在故人的头上
也悬在我们头上——
一个童年的宇宙
一篇永远稚气的神话
一首屈子长吟千年的《天问》
没有回答的声音

奇怪的人啊
从这片黄土上生
在这片黄土上灭
生生灭灭是土地造化
永远梦想却是飞翔
飞翔的梦想
在这窄小的墓室里——
两双永远紧闭的眼睛
对着早已褪色的天堂

（原载《特区文学》2024 年第 8 期）

梦里人，或我的国宝村

◎叶燕兰

那个看管仓库的人，他还没打算交出

裤腰间一长串叮当作响的钥匙，以及
漫长午后悄悄打盹的秘密

那个埋头制作瓷坯的人，他还没选好
下一个模具，以及柴米油盐的原型

那个盯着窑口出神的人，他还不确定
煅烧的温度，以及命运将出炉的成色

那些瓷土一样温软的人
那些瓷器一样透亮的人
他们招呼也不打，径直进入我的梦
在我的梦里对号入座
像我小时候，突然窜到他们跟前
捣个蛋或讨颗糖
我们各自愣了一下
不一会儿，就笑出声

只是这一次，笑着笑着
眼泪也跟着落了下来
只是这眼泪，不咸也不甜
止不住，也抓不住
留我在原地手舞足蹈像婴儿，哇哇大叫
听不见世界的回声，心中不知是喜是悲

（原载“诗探索”微信公众号 2024-10-04）

国宝第二瓷厂

◎叶燕兰

一座曾给全村人带去希望的瓷厂
它的兴盛与衰败，仿佛还是昨日
傍晚霞焰
绚烂而隐含忧伤。像庄稼始终扎根在土壤
结着自己的果实，看见自己的凋敝

父辈们劳作的大手
熟知这片戴云山脚下的土地
乡野的一草一木，溪流的一呼一吸
如窑的日夜燃烧，也曾映红天空、屋舍
通往县城的公路
村庄酣睡，婴儿甜美，以及少年
枝条疯长的梦境
——我的堂叔在这里，当过厂长
我的伯父在这里，当过窑工
我的姑姑在这里，包装过生活
我的妈妈在这里，彩绘过青春……

我在这里，被生下，被抚养
被见证：瓷器坚硬又易碎的一生

主动选择了玩具，泪水和命运
看时间如助燃的干柴，添着添着
就变成一堆记忆的灰烬
废墟在体内，仍具有自我修复的功能

（原载“诗探索”微信公众号 2024-10-04）

月光菩萨

◎叶燕兰

料理完丧事后第三十二天
逢乡里“七月半”祭祖

我们姐妹三人跟随伯父
进到午后的祠堂
像从前和父亲一起那样
将备好的三牲、米果、菜蔬
一一摆上供桌
只是这次，香烛缭绕中多了
一碟父亲生前最爱的卤猪头皮

烧完纸帛过后，我们感到热、沉闷
于是选择慢慢地步行回老屋
一抬头，就看见九十岁的奶奶

倚站在二楼栏杆边，几乎静止不动
俯望着我们的来路

因阿尔茨海默症，她早已
不记得面前的儿孙
盯着我们看的眼神
如同瓦檐上的那轮明月
无言，慈和，没有分别心

（原载“诗探索”微信公众号 2024-10-04）

最遥远的，最亲近的

◎一　行

在花园中散步。半小时前
从屋里出来，刚和你吵过架。
雨下了起来，落在树叶、草丛
和脸上。开始时，能闻到
植物的新鲜气味，像一些从未
用过的词；慢慢地，一遍一遍重复，
听见雨声也当作没有听见。
这么多年，我们说爱的词汇
和吵架的词汇，一样重复着。
——如同这雨点，区别仅在于
敲打的是树叶，还是脸或草根。

雨，来自高空，似乎因我们的
吵架而起，让我感到极其遥远；
下一刻，已在脸上和脚边，又让人
觉得亲近。呵，这变动的感觉
既包含重复带来的厌倦，又好像
在重复中获得了可靠的亲密。
我们听不见雨滴和雨滴的区别，
它们确凿地下着，每一次
都真实触及了事物。
这样想着，就觉得自己该回去了，
而雨也善解人意地在此时止住，
像所有的词汇已经耗尽。
在这个雨刚刚停息的夜晚，亲爱的，
我想，我们可以看见星星。

（原载“读首诗再睡觉”微信公众号 2024-09-26）

初　恋

◎衣米一

她的祖母跟她一样美丽
若干年前
也被一个少年热爱
在五月的黄昏

空气像蜜糖一样清亮
他们，十六岁和十八岁的花儿与少年
一个前一个后，灵猫一样机警地
从桥上走到桥下
靠近公园又离开公园
他们左拐弯右拐弯再拐弯
哦，哪儿都不合适
那个终于没有完成的亲吻
至今仍有余温
残留在隔代少女的唇上

（原载“诗与画”微信公众号 2024-10-05）

青　春

◎尹丽川

有些夜晚像下雪的夜晚一样寂静
心事也纷纷扬扬，有如细雪
活在人世
我们是烛火融于灯下
蝼蚁之于族群
而每当此时此刻坠入旧时光
那些温柔的情景就重现
你在月光下大声歌唱
眼里闪动光芒

河水如流动的浮世绘
每道波纹都泛着月华的鳞片
青春是一个混蛋的好心
是铁渣中的黄金

（原载“磨铁读诗会”微信公众号 2024-10-22）

我写一只白鹭

◎于波心

黄昏比流水踌躇。芦花弥漫出
倒春寒。河中裸露的岩石上
一只白鹭，我把它比喻成
一艘帆船的白色翅膀
或褐黑桌面上一只
亭亭玉立的瘦腰削肩的宋瓷。一只白鹭
在我的赞美里栖息。我的母亲不这样认为
她认为生活高于诗歌，在那个年代
她更喜欢鹅，每天清早
她赶一群鹅下河滩
暮晚时候，在岸边的杂草丛里
她总能捡回又大又白的鹅蛋
“不像白鹭，把蛋下在高高的樟树林”

（原载《当代·诗歌》2024 年第 4 期）

林　间

◎于海棠

早晨密林间，羽毛般簌簌
的光线，缠绕着草木
弯曲的香气，向远处流泻

一边紫穗槐紫色穗状的花絮，正
徐徐打开时间的缝隙，一边蔷薇把
细长的花枝探入另一个
空间，抚慰着湖水

一只灰椋鸟站在高高的树枝上，
它的鸣叫短暂，明快
跟随它的叫声，我忧郁的内心
渐渐止息
我快步跃过中年的激流

我就要感觉那无限向上时间
它是一枚静悬的树叶
也是栾树细碎金黄的花朵
铺满湿漉漉的泥土

（原载《诗歌月刊》2024 年第 10 期）

我是谁

◎羽微微

拾荒的女人，躺在草地上
我经过她放下一包饼干
她看了我一眼

我放下一瓶干净的水
她欠起身
再看了我一眼
她问：你是谁？

我是谁？我是那个被幸运之神眷顾
有屋檐和床的人
有餐桌和钥匙的人
她承受的饥饿、肮脏和寒冷
她也代我承受

我只给她饼干和水

（原载“六瓣花语”微信公众号 2024-09-28）

果实与阴凉

◎玉　珍

我种下了葡萄，李子，杨梅
桑葚和樱桃
我渴望它们长存
我的孤独就是葡萄架上的
空白。有一天挤满果实
招人垂涎
喜悦的是要赠送给苦命人的礼物
而坠落的，干瘪的
让它们埋于树下
我种了无数棵果树在这
屋子的四周
我没有言语，只挑来清水
像一种凝望曾发生在这儿
你看到它，也许我的后代
也将看到它
你们没有言语
请不要言语
在这树下
我愿你看到果实与阴凉

（原载《青年文学》2024 年第 8 期）

我认出了我的一位父亲

◎育　邦

我从树上走下来
我认出了我的一位父亲
他阴郁，沉默
口中吐出一朵浑浊的云

我从花中走出来
我认出了我的一位父亲
他污秽不堪，满嘴淤泥
脚踩一片清澈的湖水

我从石头里走出来
我认出了我的一位父亲
他纯洁得呀，让我们羞愧
全身赤裸，双手长满了古老的苔藓

我从人群中走出来
我认出了我的一位父亲
他戴着面具与枷锁
正在表演那出永恒的傩戏

我从火苗中走出来
我认出了我的一位父亲
他提着一桶水
是的，他要浇灭我

（原载“诗人类”微信公众号 2024-10-15）

在文外楼

◎袁　磊

悲伤使我心忧
独上高楼，我已不是少年
是中文系的青年教师，在文外楼
在半山腰就能眺望湖上风景
混在这群学生中间，只谈论美
与虚无。而手头的诗、创作补贴
和薪资足够我独善其身
再使把劲我就可以呈现青年愿景
与鸿鹄的世界观，在众人之中
确认自己。霜降以后
我就可以领着这群学生
在梅南山上半倚明月，半倚深秋
少年一样忧愁
像我的父亲当年退隐，在河边

领着那群先贤

（原载于《诗选刊》2024 年第 8 期）

上马村笔记

◎袁　刘

无名溪上，风吹起的芦苇，落水微痕
我肩上不合年龄的扁担，挑起的两口井的水
沿溪都是碎碎脚印
沿山都是细细风声

沿着雪里的林间小路上
左肩水里的命，天已注定
右肩水里的生活，恰好是我们都在围炉夜话

外公那晚，站在牛棚上举起火把的样子
像极了马上战士
像极了，我没有写完的村庄
有那么一瞬间，我的孩子因为下雪的田野，哭了

桐子山还在雪下梳妆
菱角塘已生火烧饭
烟厂坟堆里的人因为我孩子的哭闹
在今夜的天堂里如此安静

如此，对生活心照不宣

（原载《草堂》2024 年第 8 期）

在喀拉峻草原

◎袁碧蓉

我们坐在草甸上
对面，天山连着天山，雪连着雪
犹如一个永恒连着一个永恒
不远处，吃草的羊群，像天使，无视我们存在
金黄色金连花、净白色卷耳、深紫色薰衣草
还有苜蓿、淡蓝色勿忘我
它们深深浅浅摇曳的样子
像这些年你对我讲过的那些话
此刻，唯一的痛苦，是不能停下来之苦
但我知道
三个月以后，这里，将被大雪一层层覆盖

（原载《诗刊》2024 年第 9 期）

春　夜

◎袁梦颖

在湖边，我看着月亮的倒影想你。

你的身体像湖水，一碰
就荡起波纹。那个夜晚，
我们用呼吸点灯，用手
作船，久久不懂得停靠
直到春天在我们的肩头
一再降临。窗外
白玉兰在燃烧，天鹅
闪烁，就要归巢。
而我们寄宿于一株合欢，
微风中轻轻摇晃。
那个夜晚，你小心地映着我
月亮破碎，此刻现出回声。

（原载《北京文学》2024 年第 6 期）

消 失 记

◎臧海英

三花猫，未成年的小橘，小橘妈妈
这几只我喂过的流浪猫
后来都不见了
无缘无故，不知所踪。

身边的一些人

也不见了。

死亡或离开。

有时想起他们。

有时听到猫叫声

夜深人静，每次都以为

它们中的某一只回来了。

仔细听，就又消失了。

只要我还记起

他们（它们）就不算真的消失。

晚上又梦见了母亲

说明她还活着。

（原载“发声学”微信公众号2024-09-18）

乱石人生

——有感于李商隐诗《乱石》

◎张　丹

一生中，我等来失败，次数不少。

每当命运窥视我，我也望向命运。

虚无的雨，我们下了很多，

直到洗出心的铁石。

那些在旧日时光中暗耀的骄傲，
如今只是深夜，独自痛苦，星辰渐灭。

一生中，并没有什么挡住过我的路。
我在生命的迷楼四下走动时，
看见每面镜中有我，笑了一会儿，
看见镜中人无地遁形，又哭了一会儿。
心的铁石说服不了心的顽石，
使之相信尽头，真的存在。
别哭了，目睹乱石积在道路中间的一天。

满月过后，人世又在渐渐残破。
加上天气忽变，又快下雨了。

（原载《草堂》2024 年第 8 期）

日蚀

◎张　毅

那日天空晴朗。早晨的天气预报说
今天有日蚀。我问母亲，什么是日蚀？
母亲说，就是太阳被天狗吃了
天狗是什么东西？它住在哪里？
母亲摇头说，我也不知道它住在哪里

那是个春天。我上二年级
听了母亲的话后，我跑到院子外面
使劲伸长脖子，望着天空
我想知道天狗住在什么地方？

太阳明晃晃的。一些人在赶路
他们表情模糊。人们都说今天有日蚀
那会儿，有艘船在海雾中缓缓运行
船上载满货物，它将驶往一个
未知的港口。汽笛使我感到虚幻

那个春天，许多鸟在天空不断
鸣叫着。公交车往返疾驰
一个女孩被空中的落石击中

我看到太阳慢慢变成一个斑点
天空迅速暗了下来。树木暗下来
房屋暗下来。人们的表情暗下来
说话的声音暗下来。一切都暗了下来
从那时起，我眼前总是出现黑色

（原载“记录白夜”微信公众号 2024-06-26）

梦 境

◎张 鱼

我从远方赶来，已等候多时
你从雾中起身，摘下自己的面具，脱掉变色的单衣
你给我煮好一杯咖啡，给炉子里添了一小块木头
你还如之前那样善良、美丽
我却不堪苍老的重负，身体里堆满废墟
无法再在你稠密的树枝间筑巢，鸣叫

我们见过又分离，落下几滴泪
没有拥抱，没有郑重地告别，话也没那么多了
世界保持着既有的安宁，而我对你的爱正在减少

（原载《延河》2024年2月下半月刊）

无名山中

◎张 鱼

一片树叶在脚边停了一会儿
醉醺醺地跌进流水中，带着我的秘密抵达远处

更多树叶飞在空中，寻找属于自己的运命
风的无常，让一切都是未知

多么辽阔的沉默，天空蓝得让人心醉
坐在这座不知名的山中，我被风催着
变得树叶一样轻，似乎可以在透明的空气中转起来

当万物被神秘力量托起的时候，似乎才是完整的
我礁石般立于苍茫中，独自沉默或歌唱
拥着古人的寂寞。有时从高处扔出一块石头
给它安上翅膀，赋予它飞翔的权利

（原载《延河》2024 年 2 月下半月刊）

秋天我又打扫屋宇

◎张　战

秋天我又打扫屋宇
抹布洗得发白
柔软吸附每一粒灰尘

从何而来
以微米之力
灰尘宣布对一切裸露的占领

轻轻把你们拭去
在两个榉木音箱台面
在茶壶嘴和茶壶身的衔缝处

眼睛看到哪里
灰尘就会在哪里
你寻找，它就显现

阳光从东窗照进
野马尘埃
悬停在金色光柱里

有时吸尘器咆哮
床底下的小灰球
书架最高处的灰绒毛
我爱这徒劳的战斗

春天夏天我去了许多地方
现在我回到我的屋宇
我的地板上有大海铁灰色的脚印
我也更爱静坐
如红花绿绒蒿盛开时的垂首

秋天我打扫我的屋宇
阿波罗号从黑月亮里驶出

比尔·安德斯看见了地球
一粒蓝色灰尘从虚空中升起

（原载《创作》2024年第5期）

晚　事

◎张抱岩

繁华落尽
老母亲坐在板凳上为社区栽花
到现在我才知道
春天的这些花来自母亲的手
到现在我才知道，母亲的白发
是离开田地后的孤独
到现在我才知道
那些手捧搪瓷碗的民工
为何木着脸走在异乡的黄昏
我为什么知道发生在他们身上的事情
一件一件，构成我对他们的记忆
我有时会自问，我为何来到这座城市
遇见这么多陌生人
其实，我并不知道任何人的经历
我只是在我经历的幻觉里看见过他们
每一个降临的傍晚
都接近一个人的晚年

而那些茫然属于我这个
深陷中年的孩子

（原载“诗南朝”微信公众号 2024-10-09）

回到广玉兰下

◎张抱岩

我阻挡不了废墟的产生
月下的瓦砾上仍投着白天
捡钢筋的背影
我在七楼窗口看见过他们
就像我驱车与一阵鸽子擦肩

碎纸机在我身边，河流一样安静
美好的事物还没有真的到来
我有一种近似抑郁的预感
天上的蓝会降落在大地上

当两辆车在两个空间交叉前进
我感到时间的紧张和痛感
梦一样的人会和雪花一起陷入
苍茫
我在傍晚找一首写斑鸠的诗

在夜晚，我回到广玉兰下
内心的安静提醒我春天即将到来
白天来的人到晚上都去了哪里
他们像新翻的泥土
他们已失踪。在同一条熟悉的路上

（原载“诗南朝”微信公众号 2024-10-09）

铁打的月亮

◎张常美

找遍了全世界，没有找到一块好铁
能够像今晚的月亮一样
磨得这样明亮、光滑。一样，永不生锈
被光芒无数次灼伤过
也没有发现哪怕一缕
能像月光这般，轻旋着
落在你的衣服上，手心里
染出轻愁或淡喜
裹上蜜糖和白霜……
找遍全世界了呀
没有一块好铁，会像月亮这样
你不经意抬头，就被割伤了

没有一块铁割伤你之后
还会让你如此迷恋
黏附在灵魂上，它痛楚的碎屑

（原载“诗人类”微信公众号 2024-08-23）

轮　回

◎张二棍

雪化为水。水化为无有
无有，在我们头顶堆积着，幻化着
——世间的轮回，从不避人耳目
昨天，一个东倒西歪的酒鬼
如一匹病狗，匍匐在闹市中
一遍遍追着人群，喊：
“谁来骑我，让我也受一受
这胯下之辱”
满街的人，掩面而去
仿佛都受到了奇耻大辱

（原载“诗人类”微信公众号 2024-08-10）

打口哨的男孩

◎张映姝

九岁的木合买提，此刻，像个英雄
卷起舌头，手指压住
尖厉的口哨声，刺破冬日午后的寂静
七岁的亚尔肯，满眼惊喜、羡慕
却怎么也学不会
我也跃跃欲试，一次，又一次
重复四十多年前的失败
仿佛那失败，也是无上的恩典

（原载《诗刊》2024年第9期）

在十三寨偶遇两只喜鹊

◎张远伦

我的嗓子沙哑了，喜鹊没有
我的翅膀收拢了，喜鹊没有
想说更多的话
想飞更干净的天空

我已做不到了，喜鹊都能
它用白羽藏巧，用黑羽守拙
我调试了一下自己的表情
和动作，仍不能
扮演林下贤人和南山智者
喜鹊一双，仍旧能
从春分中穿出，又飞入春分
它俩占领了人类的吉日
而把证婚人抛在溪边
我的鸟语生疏了，喜鹊没有
我的引力消失了，喜鹊没有

（原载《山东文学》2024 年第 9 期）

石 头 村

◎赵 琳

我喜欢多生石头的村庄
更多时候，暮色从周围聚集
草木生动，蝈蝈鸣叫
卧在半山腰的村庄此时显得笨拙迟钝
村里很多石头成精，它们耐心消耗时间
村东的石磨，多年来不再轻易转动
村北的石狮，蹲在泥土路旁比村民长寿

村西的石屋，那是一座公社时期
关牛马和住知青的圈房

村北住着一个叫石狗子的老人
他正赶着一群羊从二郎山的斜坡小路上下来
黑色的羊，白色的羊
被大地晒得发黄的羊
沾了泥土的羊，一只口嚼青草的羊羔
——一群背负月光的羊
走下了山坡，进了石圈

（原载“诗人类”微信公众号 2024-10-13）

九十岁，没什么大不了的事儿了

◎赵小北

拖拉机、收割机、牛羊和牧场
都已交到儿孙手里
天气好的时候
去山顶的酒吧坐一坐

在人世间待了这么多年
也没离开过这个村子
总也修缮不完的羊圈牛圈、老房子

绑得再结实的铁丝网，一夜之间
也会被撕开
总有可怜的羊羔、牛犊被叼走
听到咩咩、哞哞的叫声
拎着猎枪出来，狼已经跑远

他是打中过一头狼的
他开了一枪，就一枪
那天正下着雪
雪上点点的血迹，很快又被雪覆盖了

（原载《作品》2024 年第 6 期）

祈祷的灯火

◎赵亚东

父亲让我把马车赶到田里去
天黑之前，我们要把玉米运回院子

林间空地上升起淡淡的薄雾
刚刚被风吹散的星子若隐若现

恍惚中有更多的马蹄声碾过
野山楂在树上高悬，世上最后的一颗

我们终于走进沉沉的黑夜
大地却藏起它曾献出的一切

……雷电，风雪，粮食和流水
年迈的老马独自远去，再也没有回来过

我在这世间两手空空
我的心跳弱于风中闪烁的，祈祷的灯火

（原载“乐诗者”微信公众号 2024-10-25）

万物皆有痕迹

◎赵敬刚

岁月一点一点地渗透
年龄逐渐倾斜成午后的太阳
蓦然回首过去的几十年
犹如昨夜的那段长梦
醒来，似乎是记住了其中的某些片段
又似乎往事已离我太过遥远成为虚幻
毋庸置疑，这些就是我过往的人生
那些记载着我曲折不平悲喜交加的人生
早已在时光中

静默成暗夜中的树林
每当我想回头看它一眼
它们就站在那里似乎是近在咫尺
又似乎已离我亿万光年
看似早已破碎成虚幻的过往
早已在心底深植扎根
哪怕我老成一棵枯草记忆衰退
只要我想所有的过往依然会有迹可循
我知道，万物皆有痕迹
只要它到人间来过

（原载“临泉文艺”微信公众号 2024-10-17）

飞机降落

◎震　杳

有几次，把夜里飞机的灯光，当成了星星
马上又醒转过来
星星不会走得这样快，这样急
星星都是等我们入睡后，才轻手轻脚地移动

没见过，城市另一端的飞机场
日日看着模型般的飞机，僵直身子
从头顶滑过

不会飞的事物，即便上了天，仍不好看
轰轰的声响，天空中的拖拉机

我的窗户同时发出颤动
它与那架飞机，与飞机里的
陌生人有什么关系
为何它从平静中醒来，无法自抑

（原载《飞天》2024 年第 9 期）

当时间停留在三碗堰

◎钟想想

必要时会分开来喊一遍：大堰塘，中堰塘，小堰塘
三个堰塘小得如同三只碗
人们习惯合起来唤，三碗堰，三碗堰……
喊两遍，春水就荡漾起来

红莲花开时，会有女人在三碗堰洗衣
放下篓子，赤脚站进水里
她们腰肢柔软，手臂有力

会有新藕露出雪白肌肤，黄泥袒露胸膛
有成熟的藕和女人一起被采摘

深秋时节，空气里飘荡着藕断丝连的香气

很多个傍晚，三碗堰一口咬住的
是三只肥圆的太阳
夜里，从房顶慢慢吐出来的，是一枚瘦月亮

（原载《星火》2024 年第 6 期）

春风长条舒

◎仲诗文

桃花没有问题，桃花一直在山凹里跑
桃花里的蜜蜂也没问题，它们是哑巴家的

阿爸没问题，他种的油菜花太闷了
我不喜欢，我不喜欢就不行，阿爸，我生气了

阿姆没问题，阿姆最爱打草，但是阿姆，我不喜欢
吃泥巴的弟弟，能抱出去了扔了吗，他太丑了

姆妈一直扯袄子上的棉花，扯一坨吃一坨
她嚼得有滋有味，眼窝子里又是眼屎又是眼泪

姆妈已经老糊涂了

姆妈已经臭了

燕子，你好
能不能来我家屋檐下做一个窝

（原载“新千家诗选”微信公众号 2024-08-19）

实话实说

◎周所同

没有冲动没有激情没有浪漫
没有空想、虚妄和多余的贪念
除了疾病，我没有一个仇敌
除了衰老、智障、失忆、耳聋眼花
没有比无争的接受更加无奈
不再推石上山也不再与风车作战
没有比放弃更无辜更彻底的失败
但我还爱着贫寒无用的诗
没有比热爱更眩晕更危险的深渊

（原载《安徽文学》2024 年第 9 期）

素描：母亲

◎周所同

总是俯身总是拣拾谷穗那样
低头；坐在一堆乱麻与破布里
直面生活的破绽或漏洞
总是迎着向后吹的风一直向前走
除了护住怀里的孩子和心跳
没有也不要多余的东西
总是一边失去一边寻找直到舍弃
卑微一生；她是我的也是你的——
母亲、妻子和女儿；孰轻孰重
她的影子一样总是倾斜的！

（原载《安徽文学》2024 年第 9 期）

悬　空

◎祝立根

活着的，继续抚平波涛
拔除荒草，捡出破碎的瓷片和瓦片

那是死去的人留下的
箴言和遗愿，破碎的
漂流瓶。他们都去了大海的深处
再也没有浮上来
是的，我们所站之处皆是薄冰
我们所有的跋涉
皆是虚渊之上，无处安放的流浪
这深渊有多深？有多辽阔？
有多静寂？
多无望？回答我们的
从来只是越来越多的，瓷片和碎瓦
越来越喷薄的，风中的荒草

（原载《边疆文学》2024 年第 10 期）

缺　席

◎宗树春

一家人围坐在一起，吃晚饭
昏黄的灯光，照着碟子

我，妻子，儿子
在各自常坐的椅子上坐着
一言不发

四人桌，还有一把椅子
椅背靠着桌沿，像抽屉
没有拉开
（它确实也没有拉开的必要）

我常常想
谁应该坐在这里呢？
——希望吗？

有一次，我确实把它拉开了
我看着它，空空荡荡
我不确定
它有没有坐在上面

“即使它不在那里
但它也曾经来过”

随即，我又更正了自己——

我知道
即使它曾经来过
但现在，它已经不在那里了

（原载“眼睫上的蝴蝶”微信公众号 2024-08-16）